Michael Mary
Zwölf Beziehungskiller

Michael Mary

Zwölf Beziehungskiller

und wie man sie vermeiden kann

Kreuz

Inhalt

Einleitung

Ja, es gibt sie – die Beziehungskiller, mit denen Frauen und Männer ihre Beziehung gefährden oder zerstören. Sie sind der Grund, warum wir irgendwann entnervt sind: *»Da ist nichts zu machen, so sind sie eben, die Männer, die Frauen ...«*
Was aber, wenn die Partner sich deshalb so verhalten, weil wir sie dazu bringen? Weil wir selbst die Reaktionen hervorrufen, die uns dann stören? Weil wir auch Beziehungskiller sind und nicht nur die Traumpartner, für die wir uns halten?
Dann gäbe es Vieles, das wir besser machen könnten. Wir müssten das andere Geschlecht nur etwas besser verstehen ... einige Alternativen zu unserem eigenen Verhalten kennen ... und etwas mehr Konsequenz zeigen. Und würden sogleich erleben, wie die Beziehung davon profitiert.
Dieses Buch ist hautnah. Es setzt an den Schwachpunkten unseres Beziehungsverhaltens an, hilft einander zu verstehen und gibt Strategien an die Hand, mit denen die Partner voran kommen. Dazu brauchen Leser lediglich eine Grundthese zu akzeptieren: die These, dass Männer und Frauen Liebe auf unterschiedliche Weise erfahren.
Diese grundlegende These greife ich zu Beginn in Anlehnung an mein Buch *»Schluss mit dem Beziehungskrampf«* kurz auf. Dann entspreche ich im Hauptteil dem vielfach geäußerten Wunsch, konkrete und nachvollziehbare Handlungsalternativen für Männer und Frauen zu entwerfen.
Die zwölf Beziehungskiller beschreiben typische männliche und weibliche Verhaltensweisen und damit geschlechtsspezifisches Rollenverhal-

ten. Aber Rollen kann man tauschen. Lassen Sie sich also nicht irritieren, wenn es bei Ihnen einmal »andersherum« abläuft. Die geschilderten Abläufe und Lösungen treffen dann trotzdem zu, nur eben andersherum. Dies Buch wurde von einem Mann geschrieben. Auch wenn ich aufgrund meiner beruflichen Tätigkeit tiefe Einblicke in Menschen und Partnerschaften habe, so kann ich trotz aller Einfühlung doch nicht aus Sicht einer Frau schreiben. Doch vielleicht macht dieser Aspekt das Buch gerade für Frauen interessant.

Michael Mary, Schadeland im Januar 1999

Dasselbe ist nicht das Gleiche

Wie Männer und Frauen die Liebe unterschiedlich erleben

Dieses Buch beruht auf der Annahme, dass Männer und Frauen in Beziehungen durchweg ein geschlechtsspezifisches Verhalten zeigen.
Wie kommt es dazu? Wie ist es möglich, dass sich quer durch eine Kultur Millionen Männer und Frauen ähnlich verhalten?
Das Verhalten der Menschen beruht auf ihrer Wahrnehmung. Wir *sehen* etwas, wir *deuten* es und entwickeln daraus Gedanken, Gefühle und Annahmen. Diese halten wir für wahr. Die so entstandenen Wahrheiten bestimmen nun unser Verhalten. Es ist nachvollziehbar, dass diese Wahrheit lediglich eine sehr subjektive Wahrheit darstellt.
Die Frage nach einem geschlechtlichen Rollenverhalten ist demnach die Frage, ob es eine geschlechtsspezifische *Wahrnehmung* der Vorgänge in Liebe und Partnerschaft gibt.
Nach beinahe 20 Jahren Partnerberatung kann ich dies nur voll und ganz bejahen. Auch das große Interesse und die lebhafte Resonanz zu meinem zweiten Partnerschaftsbuch (*Schluss mit dem Beziehungskrampf*, Stuttgart 1991), dessen Thesen ich hier als Ausgangspunkt aufgreife, bestätigt diese Erfahrung.
Männer deuten anders als Frauen und umgekehrt. Da sie aufgrund dieser verschiedenen Deutungen verschiedene Wahrheiten übereinander unterstellen, reagieren sie demzufolge verschieden aufeinander. So kommt

es, dass Männer und Frauen in den Bereichen Liebe und Partnerschaft geschlechtsspezifisch unterschiedliche Erfahrungen miteinander machen.
Gemeinsames Erleben ist also nicht mit gemeinsamer Erfahrung gleichzusetzen, auch wenn die Partner dies glauben. Leider ist dies kaum mehr als eine Illusion, mit der Partner eine Weile gut und friedvoll leben und die Phase der Verliebtheit relativ konfliktfrei überbrücken können. Doch bereits in den ersten, im Beziehungsalltag auftauchenden Konfliktsituationen zeigt sich die Unterschiedlichkeit ihrer Wahrheiten.

Ein Beispiel

Er befindet sich auf Geschäftsreise und ruft sie täglich an. Nach acht Tagen kommt er voll Vorfreude auf die Begegnung zurück. Doch ihn erwartet eine ärgerliche und enttäuschte Frau, die ihm heftige Vorwürfe macht. Ihr Kernvorwurf lautet: *»Du liebst mich nicht wirklich.«* Es kommt zum Streit, in dem jeder seinen Standpunkt verteidigt.

» ... allein die Tatsache, dass ich dich jeden Tag anrufe, ist doch ein Beweis dafür, dass ich dich liebe.«

»... wenn du mich wirklich lieben würdest, hättest du mich vermisst. Davon hast du aber kein Wort gesagt.«

Er gehört zur seltenen Gruppe der Männer, die ihre Frauen anrufen, wenn sie von ihnen getrennt sind. Er meldet sich sogar jeden Tag und »es ist noch immer nicht genug«. Denn *sie* kann seinen angeblichen Motiven nicht trauen, weil es ihm ja trotz der Trennung gut ging. Würde er sie lieben, hätte es ihm schlecht gehen müssen!
Solch ein Streit kann endlos weitergehen, ohne dass es zu einer Einigung kommt. Denn keiner kann sich in den anderen hineinversetzen. Im Gegenteil, jeder ist felsenfest davon überzeugt, er läge richtig und der andere falsch.
Fragt man die beiden nach der Auseinandersetzung, welche Erfahrung sie aufgrund des Vorfalles miteinander gemacht haben, bekommt man etwas sehr Unterschiedliches zu hören.

***Sie* hat die Erfahrung gemacht, *vernachlässigt* zu werden.**

***Er* hat die Erfahrung gemacht, *bedrängt* zu werden.**

Er fühlt sich bedrängt, sie sich vernachlässigt – und das von dem Menschen, den sie lieben.
Dieses Paar erlebt etwas in Beziehungen sehr Typisches. Denn in den meisten Fällen weisen die Erfahrungen von Mann und Frau, die in Konfliktsituationen auftauchen, direkt oder indirekt auf die Erfahrung der Beengung beziehungsweise der Vernachlässigung hin. Dies zeigt sich auch in den generellen Vorwürfen, welche die Geschlechter einander machen.

Frauen:
- **Männer sind fast immer verschlossen. Sie lassen uns nicht an sich heran.**
- **Wir wissen nie, was wir ihnen bedeuten.**
- **Ihre Freiheit ist ihnen wichtiger als wir.**
- **Sie geben nicht wirklich etwas.**

Männer:
- **Frauen wollen ständig etwas, nie lassen sie uns in Ruhe.**
- **Ständig soll man was beweisen.**
- **Wir sollen immer für sie da sein.**
- **Nichts ist ihnen genug.**

So verschieden ist die gegenseitige Wahrnehmung der Männer und Frauen voneinander – und dementsprechend unterschiedlich verhalten sie sich in ihren Beziehungen: Männer eher defensiv, Frauen eher offensiv.
Reihen von Büchern sind geschrieben worden über den verschlossenen Mann und die sich um Liebe bemühende Frau. Deshalb scheint keine ausrufende Begründung und kein Beweis für dieses geschlechtstypische Verhalten nötig, sondern allenfalls ein weiteres Beispiel.

Beispiel

Er war auf Geschäftsreise und kommt nach einigen Tagen zurück. *Sie* möchte wissen, wie es war und was er erlebt hat. Seine Antwort ist kurz und bündig: *»Nichts Besonderes.«* Sie gibt sich mit dieser knappen und nichtssagenden Antwort nicht zufrieden. Sie fragt nach, bekommt aber trotzdem keine verständliche Auskunft. Spannung und Streit sind vorprogrammiert.

Was geht in den beiden vor? Werfen wir einen Blick auf die geheimen Überzeugungen der Partner, ganz so, als ob wir ihre Gedanken lesen könnten.

Sie

Man kann doch nicht tagelang weg sein und nichts erleben. Er will bestimmt nichts sagen, weil er etwas zu verbergen hat.

Er

Sie will mich kontrollieren. Wenn ich etwas Falsches sage, ist die Hölle los. Ich sage lieber nichts.

Diese Deutungen sind wiederum typisch für Konfliktsituationen zwischen Mann und Frau. Beide begreifen das Verhalten des Partners auf eine ganz bestimmte Weise.

Sie **... ist davon überzeugt** ***»ihm nicht trauen zu können«***, **weil er ja nichts erzählt. Sie ist verunsichert und fühlt sich vernachlässigt.**

Er **... ist davon überzeugt** ***»aufpassen zu müssen, dass mir kein Strick gedreht wird«***, **weil sie keine Ruhe gibt. Er fühlt sich beengt.**

So lautet auch in diesem Fall die nach dem Streit entstandene Erfahrung des Mannes »eingeengt sein« und die Erfahrung der Frau »vernachlässigt sein«.

Ziehen wir an dieser Stelle ein kurzes Resümee der bisherigen Ausführungen:
Männer und Frauen deuten die Vorgänge in ihren Beziehungen auf unterschiedliche Weise. Wenn es zu Konflikten kommt,

deuten Männer die Worte und Handlungen der Frau durch eine Brille, die den Namen »Angst vor Enge« trägt.

deuten Frauen die Worte und Handlungen der Männer durch eine Brille, die den Namen »Angst vor Vernachlässigung« trägt.

Diese Brillen, durch welche die Geschlechter sich anschauen, sind der Grund für die unterschiedliche Wahrnehmung und daraus folgend das unterschiedliche Verhalten von Mann und Frau.
Denn durch die Brille der Enge gesehen bedeutet beispielsweise der Satz: *»Wie geht es dir?«* nicht Interesse am anderen, sondern beweist *ihre* Absicht *ihn* auszuhorchen.
Und wenn ein Mann sich nach einer anderen Frau umdreht, so beweist dies durch die Brille der Vernachlässigung, dass *er* eigentlich eine andere will.

Der Beigeschmack der Liebe

Weil sie Liebe so unterschiedlich erleben, sprechen Männer und Frauen, wenn sie von Liebe sprechen, eigentlich nicht von der gleichen Sache. Sie sprechen im Gegenteil von sehr unterschiedlichen Zusammenhängen.

Denn eine Frau erfährt Liebe als etwas, auf das sie sich nicht wirklich verlassen kann, das ihr oft vorenthalten wird, dessen sie sich nicht sicher sein kann und um das sie sich daher bemühen muss.

Und ein Mann erfährt Liebe als etwas, das er leisten soll, das von ihm erwartet und verlangt wird, wozu er verpflichtet ist und das er ständig neu beweisen soll.

Dieser Zusammenhang ist den Partnern nicht klar. Vielmehr agieren sie darin, ohne es zu bemerken.
Wer einmal mit einer Gruppe von Frauen und Männern darüber spricht, worauf sie in ihren Beziehungen Wert legen, und zugleich danach fragt,

wovor sie sich fürchten, kann die unterschiedlichen Erfahrungen der Geschlechter in Bezug auf Liebe leicht nachvollziehen.

Ich lege Wert darauf, ...

... mich auf ihn verlassen zu können	**... meine Freiheit zu haben**
... seine Anerkennung zu bekommen	**... mein eigener Herr zu sein**
... dass er mich sieht	**... Luft zum Atmen zu haben**

Ich fürchte mich davor, ...

... von ihm benutzt zu werden	**... dass sie sich an mich dranhängt**
... mich für ihn aufzugeben	**... für ihre Gefühle verantwortlich gemacht zu werden**
... keine Resonanz zu bekommen	**... dass sie nicht locker lässt**

Durch ihre »Brillen« kommunizieren Mann und Frau auf der Grundlage stillschweigender Annahmen, also auf Grundlage gegenseitiger Unterstellungen miteinander.
Tief innen ist jeder Mann davon überzeugt, eine Frau wolle ihn bestimmen und manipulieren, und jede Frau ist sicher, dass ihr Mann ihr nicht sicher ist.
So erhält Liebe einen Beigeschmack von Enge und Mangel. Dieser Beigeschmack wird zu Anfang einer Beziehung nicht bemerkt werden, aber je länger und öfter Erlebnisse durch die getrübte Wahrnehmung der Partner geschleust werden, desto bitterer wird dieser Beigeschmack der Liebe zu schmecken sein und in den dann beginnenden Auseinandersetzungen wirken.

Dazu ein weiteres Beispiel

Er hat als Hobby Drachenfliegen und sie liegt gern am Strand. Er schlägt nun vor, getrennt in Urlaub zu fahren. Sie ist nicht einverstanden. Im Streit werden die typischen Äußerungen gemacht:

»Ich soll dir zuliebe auf mein Hobby verzichten. Du engst mich ein. Du willst über mich bestimmen!«

»Dir liegt nichts an mir, ich bin dir egal. Deine Hobbys sind dir wichtiger als ich!«

Und wieder haben sich Mann und Frau ein Urteil übereinander gebildet. So ist es. Es kann nur so sein. Alles andere ergibt keinen Sinn. So sind die Männer. So sind die Frauen.
Aber halt. Denk doch mal nach. Könnte es nicht sein, dass der Partner ganz andere Gründe für sein Verhalten hat? Dass sie ihn gar nicht bestimmen will und dass er sie wirklich liebt? Nein!!! Auf keinen Fall, denn dann

» ... würde sie nicht so ein Theater machen und gleich die ganze Beziehung in Frage stellen!«

»... würde er wegen seinem Hobby nicht so einen Wind machen!«

Wie kommt es zu solch festen Überzeugungen voneinander? Wann haben Mann und Frau ihre Brillen erworben? Sie stammen aus den ersten Erfahrungen mit Liebe.

Erste Liebe?

Wer sich als Erwachsener verliebt, spricht von seiner ersten Liebe. Psychologisch gesehen ist diese Liebe jedoch bereits die zweite Liebe. Denn die erste Frau, die jeder Mann geliebt hat, war seine Mutter. Und der erste Mann, den jede Frau liebte, war ihr Vater.
Liebe meint hier nicht körperliche/erotische Liebe wie zwischen Mann und Frau, sondern Liebe der Herzen. Eltern lieben ihre Kinder wie Eltern, nicht wie Liebespartner. Aber trotzdem schauen Eltern auf ihre Kinder auch mit geschlechtlichen Augen.
Die Mutter sieht in ihrem Jungen stets einen kleinen Mann, und sie schaut mit Stolz auf diesen Mann. Ebenso sieht der Vater in der Tochter eine kleine Frau; und auch er sollte mit Stolz und Anerkennung auf sie blicken.

Kinder brauchen dies. Denn mit Hilfe dieser »besonderen Aufmerksamkeit« des gegengeschlechtlichen Elternteils bilden sie einen wichtigen Teil ihrer geschlechtlichen Identität aus. Durch diesen Blick erfahren sie: »Ich bin attraktiv, ich bin liebenswert« – und zwar als Mann beziehungsweise als Frau.
Demnach ist gerade der andersgeschlechtliche Elternteil für unsere ersten Erfahrungen mit dem Thema Liebe von besonderer Bedeutung. Doch hier gibt es einen wesentlichen Unterschied für Jungen und Mädchen.

Jungen sind von früh bis spät mit der Mutter konfrontiert. Sie haben nicht nur genug, sie haben im Gegenteil zu viel Mutter. Mutter vorne, hinten, oben, unten. Mutter weiß alles, sieht alles und mischt sich überall ein. Mutter erlaubt und verbietet. ***»Mutter hat MACHT über mich. Neben Mutter ist wenig Platz, da ist es ganz schön ENG. Und wenn ich kein LIEBER JUNGE bin, dann wird sie böse, straft mich oder lässt mich links liegen.«***

Mädchen dagegen haben zu wenig Vater. Vater muss arbeiten. Und wenn er mal zu Hause ist, muss er ausspannen. Dann braucht er seine Ruhe, dann stört man. ***»Vater hat WICHTIGERES zu tun, als mit mir zu sein. Vater interessiert sich nicht für mich, er SIEHT mich nicht, ich bin es nicht wert, dass er sich Zeit nimmt, und wenn, dann ist es immer ZU WENIG. Auf ihn kann man sich nicht VERLASSEN.«***

Diese unterschiedliche Erfahrung führt zu Konsequenzen.

Mutter wirkt bedrohlich; und das Zuviel ihrer Aufmerksamkeit engt ein.

Vater wirkt abweisend; und das Zuwenig seiner Aufmerksamkeit verunsichert.

Bevor wir im jugendlichen Alter ersten Kontakt mit dem anderen Geschlecht aufnehmen, haben wir demnach einige grundlegende Lektionen über die Gefahren der Liebe gelernt. Diese Erfahrung sagt voraus:

Die Frau, die ich liebe, wird mich einengen wollen. Ich muss aufpassen, dass sie mich nicht vereinnahmt und mit ihrer Liebe auffrisst.

Der Mann, den ich liebe, wird mich zu wenig wahrnehmen. Ich werde aufpassen und darum kämpfen müssen, dass er mich beachtet.

So wird es sein. Ich werde mich zu verhalten wissen. Und für dieses Verhalten wird es unerheblich sein, ob der zukünftige Partner oder die zukünftige Partnerin tatsächlich so handelt. Es genügt, sie oder ihn so zu sehen.

Das Rätsel Partner

Wie Frauen die Männer sehen

Aufgrund ihrer persönlichen Geschichte fürchten Frauen später bei jedem Mann, er könne sich wie ihr Vater verhalten. Sie sehen den Vater im Mann.

Das heißt, sie erwarten einen Mann, der zu wenig für sie da ist, auf den sie sich nicht wirklich verlassen können, der ihnen ausweicht und der ihnen die vollkommene Sicherheit verweigert, geliebt zu sein. Sie tragen diese Erwartung nicht bewusst, sondern als unbewusste Befürchtung mit sich, die ängstlich auf Bestätigung wartet.

Jemanden zu lieben und sich seiner Liebe nicht sicher zu sein ist ein überaus unangenehmer Zustand. Um dieses Gefühl zu vermeiden, tendieren Frauen dazu, sich der Liebe des Mannes zu vergewissern.

Solche Gewissheit entstünde, wenn er beispielsweise verbale Bekenntnisse seiner Liebe macht, etwa indem er beteuert: »Ich liebe dich.« Oder wenn er der Frau Beachtung und Aufmerksamkeit schenkt, indem er Komplimente über ihr Aussehen macht. Oder indem er zeigt, dass sich in seinem Leben vieles um sie dreht, dass sie ihm also wichtiger als vieles oder sogar als alles andere ist.

Der Mann indes spürt die Erwartung der Frau. Ihm, der sich unterschwellig bereits bedrängt fühlt, lange bevor eine Frau etwas von ihm fordert, fallen solche Liebesbeweise schwer. Er sieht seine eigene Vorahnung, bedrängt zu werden, bestätigt und zieht sich zurück. Er mauert sich ein. So, wie er es damals bei Mutter gemacht hat. Er macht dicht.

Nun sieht sich die Frau einem Mann gegenüber, der sich in seinen Bau zurückgezogen hat. Hinter einer dicken Tür, an der sie sich die Zähne ausbeißt, liegen die schönen Dinge, die Liebesworte, die Komplimente und die liebevollen Aufmerksamkeiten verborgen. Aber er rückt sie nicht raus. Und er wagt sich nicht aus seinem Versteck. Er ist ein Angsthase und als solcher bleibt er bei Gefahr in seinem sicheren Bau.

> ***Und so sehen Frauen den Mann,***
> ***sobald Konflikte ausbrechen: als Hasen.***

Was zeichnet Hasen aus? Sie können Haken schlagen, weglaufen, sich verstecken. Sie sind Meister der Täuschung und Flucht.

Wie Männer die Frauen sehen

Ebenfalls aufgrund ihrer persönlichen Geschichte fürchten Männer später, dass jede Frau sich verhält, wie ihre Mutter es tat. Sie sehen die Mutter in der Frau.

Das heißt, sie unterstellen ihrer Partnerin die Absicht, sie bestimmen und kontrollieren zu wollen, und fühlen sich insgeheim nicht in der Lage, gegen deren Macht anzukommen.

Jemanden zu lieben, der so bedrohlich erscheint, ist eine zwiespältige Angelegenheit. Denn kommt man der Frau (innerlich) zu nahe, besteht die Gefahr, gepackt, fest gehalten und eingesackt zu werden.

Es ist demnach allemal besser, nicht zu nah an eine Frau ranzugehen. Es ist sicherer, einen gewissen Abstand zu halten. Die Frau, irritiert durch diesen Abstand, rückt indes nach. Dadurch sieht der Mann seine Befürchtungen bestätigt: »Sie will ständig mehr, sie setzt nach, sie lässt keine Ruhe, sie will mich haben.«

Dabei säuselt die Frau harmlos: »Ich will doch gar nichts, ich will doch nur, dass du mich liebst.« Worauf der Mann in stille Panik verfällt und denkt: »Was heißt hier nur? Das ist das Größte, das ich zu vergeben habe« (doch so etwas würde er nicht wagen laut zu sagen).

Dem Mann erscheint das Verhalten der Frau eindringend, drängelnd, einschlängelnd.

Und so sieht er die Frau, sobald Konflikte auftauchen: als lauernde (Würge)Schlange,

die nach einer Öffnung in seinem Bau sucht, um sich bei ihm einzuschleichen und breit zu machen.
Was zeichnet Schlangen aus? Sie sind Meisterinnen der Jagd. Sie können verfolgen, zubeißen, Gift spritzen und verschlingen.

Hase und Schlange – eine destruktive Dynamik

Als Hase und Schlange stehen sich die Partner in ihren Konflikten gegenüber. Sie greift an, er flieht. Sie setzt nach, er schlägt Haken. Ganz wie Schlange und Hase. Beide sind zutiefst davon überzeugt, das Richtige zu tun, denn:

Was bleibt mir anderes übrig bei so einer Schlange!

Was bleibt mir anderes übrig bei so einem Hasen!

Da haben beide Recht. So sieht es aus. Das ist die Wahrheit. Zumindest aus der Hasen- beziehungsweise Schlangenperspektive.

Gesellschaftliche Botschaften

Das geschlechtsspezifische Verhalten der Partner wird durch die Botschaften, welche Männer und Frauen von Familie und Gesellschaft erhalten, noch verstärkt. Denn auch diese Botschaften und die damit verbundenen Aufträge sind geschlechtsspezifisch.

Ein Mädchen wird schon früh davon überzeugt, sie müsse später einen Mann *haben*, um zu überleben.

Einem Jungen wird eingetrichtert, er müsse in der Welt *allein* klar kommen, um überleben zu können.

Solche Botschaften werden Jungen und Mädchen durch Kultur, Gesellschaft, Familie, Medien vermittelt. Dazu braucht es keine Worte, es genügt zu sehen, dass sich die anderen Menschen danach richten. Und diese Botschaften aufzunehmen führt zu Konsequenzen.

Für eine Frau bedeuten sie, dass es nichts Wichtigeres gibt als eine Beziehung.

Für einen Mann bedeuten sie, dass es Wichtigeres gibt als eine Beziehung

Ohne Zweifel waren diese Botschaften vor Jahrhunderten oder auch Jahrzehnten gesellschaftlich angemessen, und es war klug, ihnen zu glauben und sich entsprechend zu verhalten. Aber heute gehen diese tief verwurzelten Überzeugungen über die Aufgaben von Mann und Frau an der gesellschaftlichen Realität vorbei und sind einem allmählichen Wandel unterworfen. Doch solcher Wandel braucht erfahrungsgemäß Generationen, um sich nicht nur im Denken, sondern auch im Fühlen und Verhalten der Menschen durchzusetzen. Deshalb wirken die alten Botschaften immer noch stark; und das kann man sogar bei sehr jungen Menschen beobachten.

Haben Sie beispielsweise den Film *»Frau Rettich, die Czerni und ich«* gesehen? In dieser modernen Komödie geht es für drei junge Frauen um nichts anderes als darum, einen Mann zu *haben*. Und über den Freiheitsdrang der Männer brauchen wir kein Wort verlieren. Sie haben Wichtigeres zu tun als Beziehungen zu pflegen. Niemand wird diesen Komplex bezweifeln.

So können wir hinter dem Verhalten von Hase und Schlange also zwei Antriebe entdecken. Einmal den Versuch, die Ängste vor Enge und Mangel zu vermeiden, die aus den familiären Erfahrungen mit Vater und Mutter stammen. Und darüber hinaus den Versuch, die gut gemeinten Botschaften und Beispiele aller anderen Menschen umzusetzen.

Dynamik des Verhaltens

So kommt es zu einer Polarisierung des Verhaltens. Der Mann einerseits hat Wichtigeres zu tun, als sich mit Frauen abzugeben, die zudem seine emotionale Freiheit beschneiden wollen. Deshalb ist er jederzeit auf der Hut, bereit, sich mit einem Satz außer Reichweite der Schlange und damit in Sicherheit zu bringen. Frauen beschreiben dieses Verhalten folgendermaßen:

> »Wenn ich meinen Mann auf etwas festlegen will, bekomme ich nie eine klare Antwort. Mal sehen, kann sein, schaun wir mal. Wenn er dann etwas verspricht, kann ich fast sicher sein, dass er es nicht halten wird.«
> »Es gibt immer so eine Art Sicherheitsabstand, den er hält. Nicht zu viel von sich erzählen, sich nicht in die Karten schauen lassen, lieber leugnen als zugeben.«

Die Frau andererseits hat nichts Wichtigeres zu tun, als sich mit Mann und Beziehung zu befassen. Deshalb sucht sie die Nähe des Hasen, setzt ihm nach, treibt ihn in die Enge. Männer beschreiben dieses Verhalten so:

> »Wenn man ihnen nicht genug Aufmerksamkeit gibt, können sie ganz schön giftig werden.«
> »Sie hängt sich regelrecht an mich dran. Es ist ein Gefühl, richtig runtergezogen zu werden.«
> »Sie drängt mich in die Ecke und nagelt mich fest.«

Sich derart abgelehnt beziehungsweise bedrängt zu fühlen ist schmerzlich. Doppelt schmerzlich, weil jeder den Partner, der dies tut, auch liebt, und paradox, weil man erst jemanden lieben muss, um sich derart bedrängt und vernachlässigt zu fühlen.
Eine Reaktion lässt daher nicht lange auf sich warten. Die nun einset-

zenden Reaktionen von Mann und Frau sind von der gleichen Absicht, der Schmerzabwehr, getragen, weisen aber in völlig unterschiedliche Richtungen.

***Sie* will rein in die Beziehung, will den Mann und seine Nähe haben.**

***Er* will raus aus der Beziehung, will das Gefühl haben, *frei* zu sein.**

Die Dynamik, welche aufgrund des Zusammenspiels von Hase und Schlange einsetzt, ist nun leicht nachvollziehbar.
Je mehr er sich verschließt ... desto mehr drängt sie ... desto dichter macht er ... desto härter rückt sie an ihn heran ... desto weiter rückt er weg ... und so weiter ...
Auf diese Weise erreicht keiner sein Ziel. *Er* findet keine Freiheit und *sie* findet keine Nähe.
Im Gegenteil, Verständigung, Vertrauen und Verbindung werden im Laufe der Zeit schwerer. Sie geraten zur Glückssache.

Glückssache Verständigung

Was immer Hase und Schlange tun und sagen, keiner wird dem anderen wirklich Vertrauen schenken.

Die Schlange säuselt: *»Ich will doch gar nichts von dir, ich will doch nur, dass du mich liebst«*, und der Hase versteht: *»Wenn du es aber nicht so machst, wie ich es will, mache ich dir die Hölle heiß.«*

Der Hase verspricht: *»Bald komme ich raus zu dir, warte noch ein bisschen«*, und die Schlange versteht: *»Ich werde nie rauskommen, du kannst warten, bis du schwarz wirst.«*

So wundert es nicht, dass Verständigung über ihre tieferen Absichten den Partnern zur Glückssache gerät. Denn Worte und Taten haben für Mann und Frau völlig unterschiedliche Bedeutung und lösen demnach unterschiedliche Reaktionen aus.
Folgender Brief einer jungen Frau mag dies illustrieren.

Ich bin 28 Jahre alt und seit 6 Monaten mit einem Mann zusammen. Er hat große Probleme, seine Gefühle auszudrücken. Ich sagte ihm vor einigen Tagen, dass ich froh bin, ihn zu haben. Ich spürte in dem Moment, wie er sich fühlte. Ich spürte, dass ihn mein Satz einschnürte. Wir sprachen darüber und er sagte: »Ich schäme mich, wenn ich sowas höre, weil ich es nicht gewohnt bin, Komplimente zu bekommen.« Soll ich in Zu-

kunft auf solche Dinge verzichten, obwohl ich das Bedürfnis habe, ihm meine Gefühle mitzuteilen? Ich denke, wenn mich dieser Mann wirklich lieben würde, hätte er sich über diese Aussage von mir gefreut. Wie soll man mit dem Freiheitsdrang der Männer klarkommen? Ich bin eine sehr gefühlvolle Frau, auf der Suche nach einem Mann, mit dem ich meine tiefen Gefühle offen ausleben kann, ohne dass er gleich Panik bekommt, wenn ich ihm positive Dinge sage. Gibt es solche Männer überhaupt?

Nun, dieses Beispiel ist wirklich hervorragend. Betrachten wir einmal genauer, was gesagt und was verstanden wurde.
Die Frau sagt: *»Ich bin froh, dich zu haben.«* Hier ergeben sich eine Reihe von Fragen. Warum benutzt sie das Wort haben? Sie glaubt, dieser Satz wäre Ausdruck ihrer Liebe. Dann könnte sie sagen: *»Ich bin froh, dich zu lieben«*, oder: *»Ich bin froh, dass wir uns lieben, dass wir zusammen sind.«* Nein, sie glaubt, ihn zu haben, und spontan wählt sie genau das passende Wort. Sie glaubt, am geheimen Ziel einer Frau, »einen Mann zu haben«, angekommen zu sein. In der Tat spricht hier also Besitzerstolz.
Der Mann hört etwas in der Art: »Ich bin froh, dich zu besitzen, über dich verfügen zu können.« Er ist tatsächlich betroffen, aber anstatt seine wahren Gefühle zu äußern, stottert er in Hasenart etwas von ungewohnten Komplimenten. Damit kann er nicht überzeugen, denn die Frau spürte seine Engegefühle und seinen innerlichen Rückzug.
Auslöser der Verstimmung ist das Wort »haben«, das jeder auf seine spezifische Weise deutet.

Für sie bedeutet es, ein Stück Sicherheit und die Hoffnung, sich auf ihn verlassen zu können. Es bedeutet, dass er bei ihr bleiben wird und zu ihr gehört. Es hat eine positive Bedeutung für sie. Es vermittelt ihr ein Gefühl der Vollständigkeit und Sicherheit.

Für ihn bedeutet es, zur Verfügung stehen zu müssen und nicht mehr eigenständig zu sein, sondern »an der Leine zu liegen«. Für ihn hat es eine negative Bedeutung, nämlich die von »gehören«. Es löst Engegefühle bei ihm aus.

Da eine fruchtbare Auseinandersetzung darüber, »was du meinst, wenn du ... sagst«, unterbleibt, wird die Verstimmung sich festsetzen. Und da keiner von beiden ausdrücken kann, was in ihm vorgeht, wenn der andere dieses Wort benutzt oder wenn er sich eingeschnürt oder abgewiesen fühlt, wird auch keine echte Verständigung erreicht werden.
So begreifen die Partner nicht, in welch unterschiedlichen Welten sie in solchen Situationen und generell in Bezug auf Liebe leben.

Unterschiedliche Bedeutungen

Wer sich über die vielen Spannungen und Streitereien wundert, die Worte, Sätze oder kleine Gesten in Beziehungen auslösen können, sollte sich die Deutungen klar machen, auf denen diese Konflikte beruhen.

Wenn ein Mann ...	*... bedeutet das für die Frau*
... ihr neues Kleid nicht bemerkt	**... er sieht mich nicht**
... ihr nie Komplimente macht	**... ich gefalle ihm nicht**
... nichts Persönliches von sich erzählt	**... irgendetwas verbirgt er**
... viel arbeitet und abwesend ist	**... ich interessiere ihn nicht**

Wenn eine Frau ...	*... bedeutet das für den Mann*
... ihm viele Fragen stellt	**... sie will mich kontrollieren**
... auf ihn einredet	**... sie will mich verändern**
... ihm Vorwürfe macht	**... sie will mich bestimmen**
... Forderungen stellt	**... es ist nie genug**

Solche Deutungen geschehen unbewusst und ganz automatisch. Weder *sie* noch *er* können sich aussuchen, wie sie eine Geste oder Bemerkung des Partners deuten. Denn beide verfügen über eine lange Erfahrung, die

ihnen eindeutig und überzeugend »die Wahrheit« und damit eine gefühlsmäßige Reaktion vermittelt.
Natürlich kann der Verstand solche Deutung erkennen, aber selbst wenn der Verstand energisch widerspricht, so wird sich die unbewusste Deutung gefühlsmäßig durchsetzen.
Dies zeigt sich in Äußerungen wie: *»Ich weiß, dass ich nicht eifersüchtig zu sein brauche, aber ich komme gegen das Gefühl nicht an«, oder: »Ich weiß, dass ich sie liebe, aber ich kann mich nicht auf sie einlassen.«*
Verständigung wäre leichter und viele Konflikte wären vermeidbar, wenn die Partner ihre Deutungen erkennen, diese in Frage stellen und rückgängig machen könnten. Doch sie können diese Vorgänge nicht kontrollieren. Allzu oft sind sie in der Verhaltensdynamik von Hase und Schlange gefangen, weil sie die Welt aus der Hasen- beziehungsweise Schlangenperspektive erleben.

Die zwölf Beziehungskiller

Die Kunst des Monstermachens

Sobald die Dynamik Hase/Schlange einsetzt, bestätigen Männer und Frauen ihre geheimen Befürchtungen voneinander. Was immer er tut, was immer sie sagt, es wird zum Beweis der Voraussagen und Überzeugungen über das andere Geschlecht.

- Er arbeitet viel, und das beweist, »dass ihm anderes Wichtiger ist.«
- Sie beklagt sich darüber, und das beweist, »dass ich mich nach ihr richten soll.«
- Er gibt ihr einen flüchtigen Kuss, und das beweist, »dass er keine Nähe will.«
- Sie beschwert sich darüber, und das beweist, »dass man ihr nichts recht machen kann.«

Im weiteren Verlauf der Auseinandersetzung bringen beide das Kunststück fertig, ihre inneren Annahmen tatsächlich auch außen, im Verhalten des Partners, zu erfüllen.
Die Frau wird zur Schlange, *weil* der Mann sich als Hase verhält. Und der Mann wird zum Hasen, *weil* die Frau sich als Schlange aufführt. Auf diese Weise macht jeder den anderen zu dem Monster, vor dem er sich

fürchtet. Mann und Frau bereiten sich die Hölle, in der sie leben müssen, selbst.
Sind sie in dieser Hölle angekommen (und das geschieht in allen Beziehungen, allerdings mehr oder weniger häufig und unterschiedlich heftig), findet keine Verständigung mehr statt. Die Partner entwickeln unbeabsichtigt eine Reihe von Beziehungskillern.

Als Beziehungskiller bezeichne ich ein Verhalten, durch welches ein Partner den anderen zu dem Verhalten provoziert, das er befürchtet.

Partner beherrschen diese Kunst mitunter derart perfekt, dass sich der Eindruck aufdrängt, sie täten dies absichtlich. Deshalb hier einige Tipps für alle, die sich bewusst als Monstermacher betätigen wollen.
Die Kunst des Monstermachens besteht darin, das innere Bild des Partners zu bestätigen, sich also tatsächlich wie eine Würgeschlange oder ein Angsthase zu verhalten. Dann nimmt der andere automatisch die ihm zugewiesene Gegenrolle an.

Hasen- und Schlangenzucht

Hasenzucht

Um einen verschlossenen, sich entziehenden Mann zu bekommen, sollte eine Frau ...
- ihm ein schlechtes Gewissen machen, wenn er etwas ohne sie unternimmt,
- ihm die Schuld dafür geben, wenn sie sich langweilt oder es ihr schlecht geht,
- ihm vorwerfen, er tue nicht genug für sie, bemühe sich nicht um sie,

- seine Gefühle interpretieren,
- unspezifische Erwartungen und Forderungen stellen, etwa: »Du sollst mich richtig lieben«,
- ihm drohen, ihn zu verlassen oder sich umzubringen, wenn er sie nicht bald richtig liebt,
- in regelmäßigen Abständen eine Szene machen, um herauszufinden, ob sie ihm noch etwas bedeutet,
- ihn wöchentlich mehrmals fragen: »Liebst du mich noch?«,
- ihm vorwerfen, wenn er etwas anderes denkt und fühlt als sie,
- immer wissen wollen, wo er war und was er gemacht hat,
- jede freie Minute mit ihm verbringen wollen,
- ihn zum Zentrum ihres Lebens machen und ihn das wissen lassen,
- ihm klar machen, dass er das Wichtigste in ihrem Leben ist,
- sich ständig um sein Wohlbefinden kümmern.

Schlangenzucht

Um eine bedrängende und ihn erdrückende Frau zu bekommen, sollte ein Mann ...

- über sein Befinden und seine Gefühle Stillschweigen bewahren,
- hü sagen und hott tun, also etwa sagen, nur sie gefalle ihm, und dann anderen Frauen nachsteigen,
- sie ins Theater einladen und dann kurz vorher absagen,
- regelmäßig ihren Geburtstag vergessen,
- Verabredungen nicht einhalten,
- so viel arbeiten, dass kaum gemeinsame Zeit bleibt,
- kein Interesse für ihr Befinden zeigen,
- im Bett der schnelle Mann sein, schnell rein, schnell raus,
- sie beschwindeln und belügen,
- ihr sagen, wie wenig sie ihm bedeutet (wenn es dir nicht passt, kannst du ja gehen),
- sich niemals festlegen, sondern vage Standpunkte einnehmen,
- Umarmungen nach spätestens fünf Sekunden abbrechen,
- sich insgesamt gleichgültig ihr gegenüber verhalten,
- die Erfüllung von Versprechen in die Zukunft verschieben.

Sicher gäbe es noch mehr solcher todsicheren Tipps für alle, die absichtlich tun wollen, was sie oft und ohne es zu wollen bereits tun.
Unschwer können wir aus diesen Verhaltensweisen diejenigen herausfiltern, welche am besten geeignet sind, die Reaktion von Hase und Schlange hervorzurufen.
Ich habe diese Reaktionen in zwölf typische Verhaltensweisen eingeteilt und bezeichne sie als die ZWÖLF BEZIEHUNGSKILLER.

Die wichtigsten Beziehungskiller

Beziehungskiller bezeichnen Verhaltensweisen, die der Beziehung schaden und sie auf Dauer zerstören können. Denn auch wenn sie dem Selbstschutz dienen und auf den Partner gerichtet sind, so leidet doch letztlich die Beziehung darunter, also gewissermaßen beide.

Der Mann **schadet der Beziehung durch:**	***Die Frau*** **schadet der Beziehung durch:**
1. drumherum reden und leugnen	**2. ausfragen/beweisen wollen**
3. schweigen und sich verschließen	**4. einreden/vorschreiben**
5. sich verdrücken/heimlich tun	**6. stillschweigendes Einplanen**
7. Erwartungen wecken und nicht halten	**8. verantwortlich machen/vorwerfen**
9. halbe Sachen im Kontakt	**10. Liebesbeweise fordern**
11. scheinbare Gleichgültigkeit	**12. sich um Liebe bemühen**

Wie die Gegenüberstellung deutlich macht, stehen nicht nur die Partner, sondern auch die jeweiligen Beziehungskiller in Beziehung zueinander.

- Sein Drumherumreden/ Leugnen entspricht ihrem Drang, ihn auszufragen und Dinge beweisen zu wollen.
- Ihrem Einreden/ Vorschreiben-Wollen entspricht seine Art zu schweigen und sich zu verschließen.
- Sein Sich-Verdrücken/ Heimlich-Tun entspricht ihrem Drang, ihn verantwortlich zu machen und ihm Dinge vorzuwerfen.
- Ihrem stillschweigendem Einplanen entspricht seine Art, Erwartungen zu wecken, die er nicht einhält.
- Seine halben Sachen im Kontakt entsprechen ihren Forderungen nach Liebesbeweisen.
- Ihre Bemühungen um Liebe entsprechen seiner scheinbaren Gleichgültigkeit.

So läuft es. In diesen Positionen finden sich Mann und Frau unfreiwillig wieder. So kennen es Millionen Partner. Müssen Sie sich damit abfinden oder können Sie etwas gegen diese destruktive Verhaltensdynamik tun? Ja, natürlich brauchen Sie nicht tatenlos zuzusehen, wie Ihre Beziehung leidet.

Was Sie tun können, darauf werde ich im übernächsten Abschnitt eingehen und Lösungsstrategien für einen konstruktiven Umgang miteinander entwickeln. Vorher jedoch will ich kurz die Grundlage dieser Lösungsstrategien legen.

Sie sind in den Träumen von Mann und Frau zu finden.

Lösungsstrategien für Mann und Frau

Der Schlüssel zur Lösung der Beziehungskiller liegt in den Träumen von Mann und Frau verborgen.

Warum? Weil Träume, gleich ob Tag- oder Nachtträume, zeigen, was Menschen brauchen und wonach sie sich sehnen. Träume sind in ihrem Wahrheitsgehalt verlässlich, denn der Mensch kann sie nicht kontrollieren. Er kann sich weder schlaue Träume ausdenken, noch kann er sie manipulieren oder ungeschehen machen. Er kann ihnen auch nicht entkommen. Seine Träume muss der Mensch hinnehmen, ob sie ihm gefallen oder nicht.

Allerdings offenbaren Träume ihre Botschaften nicht in direkter, verbaler Sprache. Sie sprechen durch Bilder und Zustände. Wer also die Botschaft seiner Träume verstehen will, sollte deren Bilder und Gefühlszustände erforschen. Das gilt auch für solche Träume, die in Beziehungen auftauchen (siehe dazu auch das Buch des Autors »Wie Lebensträume wahr werden«, Kreuz Verlag 1997).

Wovon Männer träumen

Der Mann hat eine Traumfrau erhofft und muss zu seiner Enttäuschung feststellen, zumindest zeitweise einer Schlange gegenüber zu stehen. So hatte *er* sich das nicht vorgestellt. Aber wie dann? Wovon träumt ein Mann?

Von der Freiheit. Von jeder Menge Zeit und jeder Menge Raum. Davon, tun und lassen zu können, was er möchte. Niemand drängt, fragt, fordert, erwartet etwas von ihm.
Da er sich in erster Linie von seiner Partnerin bedrängt fühlt, ist Freiheit für ihn da, wo die Frau nicht ist. Der Hase erlebt wahre Freiheit nur in der Abwesenheit der Schlange. Dann fühlt er sich selbstbestimmt. Wo sie nicht ist, kann er sein, wie er ist. Dort wird er gelassen. Deshalb brechen Männer immer wieder aus Beziehungen aus und suchen Abstand zur Partnerin.
Ein Mann träumt davon, gelassen zu werden, weil er dann gelassen *sein* kann. Nicht umsonst stöhnen Männer oft entnervt: »*Lass mich!*«
Was passiert, wenn ein Mann gelassen wird? Dann hat er Gelegenheit, sich über seine Gefühle, Empfindungen, Wünsche und Sehnsüchte klar zu werden. Dann, und nur dann kann er herausfinden, was er wirklich will. Aber das dauert eine Weile.
Bevor ein Mann seine Frau vermisst, muss er in den meisten Fällen einige Zeit von ihr getrennt sein. Erst nach Tagen oder Wochen wird ihm klar, dass er sie braucht, sich nach ihr sehnt und bei ihr sein will. Erst dann könnte er all die schönen Dinge sagen, auf welche die Frau wartet und die sie meist schon nach zwei Tagen hören möchte.
Der Mann ist, was die Wahrnehmung seiner Gefühle und überhaupt seines Innenlebens angeht, wesentlich langsamer als die Frau. Seine Aufmerksamkeit ist mehr in der Außenwelt, in der Arbeit, im Überlebenskampf gebunden.
Steht eine Frau erwartungsvoll oder fordernd vor ihm, reagiert er wie gelähmt, starrt sein Gegenüber an und verliert alle Selbstwahrnehmung. Frage einen Hasen, der Angst hat, bei der falschen Antwort erwürgt zu werden, ob er dich liebt. Welche Antwort erwartest du?
Der tiefere Sinn des Traumes von Freiheit liegt also darin, Raum und Zeit zur Selbstwahrnehmung zu erhalten. Und solches erwartet der Mann natürlich von seiner Traumfrau. Sie soll sein, wie Mutter damals nicht war – akzeptierend, gewährend, wohlwollend, nach Bedarf nah oder fern, aber im Hintergrund durchaus erreichbar.
Leider fällt gerade dies den Frauen schwer. Denn sie träumen von Nähe.

Wovon Frauen träumen

Auch die Frau hatte einst einen Traummann erhofft und muss entsetzt dabei zusehen, wie der Hasenmann immer wieder vor ihr flieht. So hatte sie sich das nicht vorgestellt. Aber wie dann? Wovon träumt eine Frau? Sie träumt von Nähe. Sie träumt davon, gesehen zu werden. Berührt zu werden. Von intensiver seelischer, körperlicher und erotischer Begegnung. Frauen fühlen sich ohne die Aufmerksamkeit des Partners verunsichert, halb und unvollständig. Sie drücken dies aus in Sätzen wie: *»Ich weiß, dass er mich liebt, aber nur als Mensch, nicht als Frau«,* oder: *»Ich weiß nie, woran ich bei ihm bin.«*

Was würde passieren, wenn eine Frau am Ziel ihrer Träume wäre? Wenn der Mann sich einlassen würde? Wohin würde die erhoffte Nähe führen? Dann würde sie sich »ganz« fühlen. Dann würde sie vollständig werden. Dann hätte sie Sicherheit und damit *Zufriedenheit* gefunden.

Um welche Sicherheit handelt es sich hierbei? Um eine Sicherheit, die das Mädchen im Kontakt zum Vater nicht aufbauen konnte – die Sicherheit weiblicher Identität. Die Frau ist auf der Suche nach dem einen fehlenden Stück, mit dem sie den Kreis ihrer Identität vervollständigen kann. Sie sucht die innere Bestätigung, die ihr ganz sicher vermittelt: »Ich bin gut, ich bin vollständig, ich bin wert – und zwar *als Frau.*«

Solange sie vom Partner auf Distanz gehalten wird, solange sie nicht an ihn rankommt, weiß die Frau nicht, wie sie diese Bestätigung erhalten soll. Daher gewinnt seine Aufmerksamkeit zentrale Bedeutung für ihr Leben. Entzieht sich der Mann, hängt die Frau »in der Luft«, oder ihr ist »der Boden unter den Füßen« weggezogen.

So enthält auch der Traum der Frauen von Nähe eine wichtige Botschaft. Denn der Traummann gibt ihr, was sie braucht: die Nähe und Offenheit, aus welcher sie Orientierung und Identität gewinnt. Leider fällt gerade dies den Männern schwer.

Ein Traumpartner sein

Die Träume von Mann und Frau sind nachvollziehbar. Sie suchen Freiheit beziehungsweise Nähe und darin Selbstbestimmung beziehungsweise Identität.

Dadurch wird die Auflösung der Beziehungskiller – zumindest theoretisch – ein Kinderspiel. Sie lautet:

Erfülle den Traum des Partners – sei ein echter Traumpartner!

Frauen sollten ihre Männer viel mehr lassen und damit deren Freiheitstraum erfüllen.

Männer sollten ihren Frauen viel mehr Orientierung geben und damit deren Nähetraum erfüllen.

Wenn dies gelänge, gäbe es für den Mann keinen Grund, sich in einen fliehenden Hasen zu verwandeln, und die Frau bräuchte nicht zur jagenden Schlange zu werden.
Ein Traumpartner zu sein und den Traum des Partners zu erfüllen erfordert kein grundsätzlich neues Verhalten. Denn bevor sie ein Paar wurden, haben sich Mann und Frau bereits so verhalten.
Er kam nicht auf die Idee, eine Verabredung zu vergessen oder zu spät zu kommen. Er hat nicht geschwindelt, sondern sich ehrlich um die Frau bemüht. Er war weder gleichgültig, noch hat er halbe Sachen im Kontakt fabriziert.
Sie hat nicht gefragt: »Wo warst du heute?«, und ihm nie vorgeworfen: »Wieso kommst du erst jetzt?« Sie hat ihn nicht stillschweigend eingeplant, keine Liebesbeweise gefordert und sich nicht bis zur Erschöpfung um ihn bemüht.
Erst seit jenem schicksalhaften Moment, in dem sie beschlossen, *zusammen zu sein*, entstand die unterschwellige Angst vor Enge und Vernachlässigung. Erst seit der folgenschweren Entscheidung, *ein Paar* zu sein, sehen Mann und Frau ihr Bedürfnis nach Nähe und Freiheit gefährdet. Und erst seit diesem Zeitpunkt wenden sie Beziehungskiller an.
Warum? Weil in diesem Moment die Angst Einzug hielt. Die Angst vor Enge und Vernachlässigung. Um sich in seinem Wesen beengt und vernachlässigt zu fühlen, muss man die Tür zum Inneren geöffnet haben, also jemanden lieben.

Aufgrund der Paarbindung entstand eine zweite Angst. Die Angst, den Partner zu verlieren. Auch diese Angst wirkt unterschwellig. Sie redet uns ein, den Partner über alles zu brauchen, und verhindert, dass wir uns so souverän verhalten, wie es vor der Paarbindung selbstverständlich war.

Nun befinden wir uns in einer Zwickmühle. Wir brauchen den Partner und wir fürchten uns vor ihm, davor, dass er unsere ängstlichen Erwartungen bestätigt. Deshalb wollen wir vorbeugen und wenden die zwölf beschriebenen Verhaltensweisen an. Leider führt die vorbeugend gemeinte Anwendung der Beziehungskiller dazu, dass sich der Partner in das befürchtete Monster verwandelt. Somit sind Beziehungskiller Ergebnis eines Paradoxum. Sie erschaffen, was sie verhindern sollten.

Aus Angst tun wir das Falsche, und deshalb tun wir das Richtige, wenn wir von Angst befreit sind. Die Lösung der Beziehungskiller läuft darauf hinaus, das zu tun, was wir tun würden, wenn wir den Partner nicht *so sehr* bräuchten.

Worin bestünde der Unterschied zum bisherigen Verhalten? Wir wären ganz natürlich. Wir verhielten uns so, wie wir es vor dem offiziellen Beginn der Beziehung taten.

Soll man demnach so tun, als ob diese Beziehung nicht das Wichtigste wäre? Soll man so tun, als ob man nicht so stark auf den Partner angewiesen wäre? Genau das! Einwände? *»Ja, Fremden oder Freunden gegenüber mag das möglich sein, aber bei dem eigenen Partner geht das nicht!«*

Da ist es nur schwieriger. Aber es gibt keine Alternative. Denn wer die nötige Gelassenheit nicht entwickelt, der wird mit hoher Wahrscheinlichkeit die Beziehung killen, den Partner verlieren und dann auf diesem Weg erfahren, dass es tatsächlich ohne ihn geht.

Es ist eine Tatsache, dass wir heute einander nicht mehr *so sehr* brauchen! Denn wir können auch außerhalb der traditionellen Rollenteilung sozial, materiell und emotional überleben. Ein Mann braucht nicht mehr »allein« klar zu kommen; und eine Frau braucht keinen Mann, um zu überleben und vollständig zu sein.

Wir sind sehr viel unabhängiger, als sich dies in Gefühlen und Verhalten abbildet. Warum sich also verrückt machen? Mein Vorschlag an die Geschlechter lautet:

Frau, entwickle eine Identität unabhängig vom Mann. Orientiere dich dazu an den Bedürfnissen, die du *unabhängig* vom Mann hast! Aber entdecke *in der Beziehung*, wer du unabhängig vom Mann bist.

Mann, werde innerlich frei. Behaupte deine Bedürfnisse und Gefühle. Steh dazu! Aber behaupte sie *in der Beziehung*. Erst das macht dich zum reifen und freien Mann.

Die Herausforderung für die Frau besteht also darin, sich eine Identität unabhängig vom Mann aufzubauen.
»Aber ich kann doch ohne einen Mann leben, das habe ich doch schon längst bewiesen!« Ja, sicherlich, aber kannst du auch *in* der Beziehung leben, ohne den Mann zum Zentrum zu machen? Kannst du ihn *in* der Partnerschaft wirklich lassen? Kannst du dich abwenden und dein Ding machen, ohne die Beziehung in Frage zu stellen? Und wenn nötig eine Woche oder länger auf den nächsten Liebesbeweis warten? Und zwar so, dass es dir in dieser Zeit gut geht, weil du emotional unabhängig genug bist?
Gleiches gilt für den Mann. Frei sein im Abstand zur Frau ist keine Heldentat. Frei sein in der Beziehung ist die Heldentat.
»Aber ich steh doch zu mir!« So? Du bist also in der Lage, den Gefühlen, Forderungen und Erwartungen einer Frau eigene Gefühle, Forderungen und Erwartungen gegenüberzustellen? Kannst du deine Gefühle zuvor überhaupt für dich selbst deutlich genug erkennen? Wohl kaum.

Die Herausforderungen sind klar. Nun geht es darum, entsprechend zu handeln. Betrachten wir also im Detail, wie den Beziehungskillern ans Leder gegangen werden kann.

Lösungsstrategien für die zwölf Beziehungskiller

In den folgenden Abschnitten beschreibe ich zu jedem der zwölf Beziehungskiller detailliert:

- Den Hintergrund des Beziehungskillers, also die innerlichen Vorgänge, die dem jeweiligen Beziehungskiller zugrunde liegen.
- Ein oder mehrere Beispiele aus der Praxis meiner Beziehungsberatung, also aus dem Leben gegriffen.
- Das destruktive Verhalten selbst: was er oder sie konkret tun.
- Optimales alternatives Verhalten zum jeweiligen Beziehungskiller: was die Partner stattdessen tun können, um die Beziehung vor Schaden zu bewahren.
- Mögliche Reaktionen des Partners, mit denen man rechnen muss, und wie man darauf eingehen und antworten kann.
- Die sich ergebenden Herausforderungen, also das, was Mann und Frau schließlich lernen sollten.

Zur Bewältigung dieser Herausforderungen habe ich Formulierungsvorschläge gesammelt, wie sie sich aus der Praxis der Partnerbegleitung ergeben. Hier sind unter anderem Gedanken, Sätze und Vorschläge zu finden, bei denen etliche Leserinnen und Leser feststellen werden, *so etwas* noch nicht gedacht, noch nie gesagt oder noch niemals getan zu haben. Daher sind gerade diese Formulierungen von besonderem Interesse.

Ich gebe also Beispiele und vermittle Anregungen, aber keine 1:1 nachzuahmenden Rezepte. Sicher wäre es bequem, einfach ein Rezept befolgen zu können. Doch das destruktive Verhalten hat sich gewöhnlich zu

sehr eingeschliffen, als dass es einfach so über Bord geworfen werden könnte. Und der Partner oder die Partnerin wird uns alternatives Verhalten auch nicht unbedingt leicht machen.
Wer seinen Beziehungskillern ans Leder will, sollte sich deshalb auf einige Auseinandersetzungen einstellen und den Willen haben, diese erfolgreich zu bestehen. Schließlich sind es die herausfordernden Situationen, in denen wir üben und aus denen wir lernen können.

Lösung zu Beziehungskiller Nr. 1: Zugeben

anstatt drumherum zu reden und zu leugnen

Gegenüber stehen sich die Verhaltensweisen:
drumherumreden/leugnen ↔ ***ausfragen/beweisen wollen***

Hintergrund

Männer reden drumherum und leugnen. Zumindest Frauen gegenüber sind sie Meister in der Kunst, Dinge zu verharmlosen und zu verschleiern, Offensichtliches abzustreiten oder mit Halbwahrheiten zu täuschen. Sie tun dies hauptsächlich aus zwei Gründen. Zum einen wollen sie keinen Angriffspunkt bieten, leugnen also vor der Partnerin. Denn sie wissen aus etlichen Diskussionen und Konflikten, was *ihr* missfällt und wie unangenehm sie reagieren kann.
Zweitens leugnen sie vor sich selbst. Hierunter fallen Merkmale ihrer Persönlichkeit, die sie an sich selbst nicht mögen, etwa, weil diese ihrem Männerbild widersprechen. Beispielsweise könnte es sich um so genannte Schwäche, bestimmte Gefühle oder Sehnsüchte und alles andere, wofür sie sich schämen, handeln.

Leugnen hat Vorteile. Was geleugnet wird, hört scheinbar auf zu existieren. Somit entlastet es das Gewissen des Leugners. Leugnen vermeidet Auseinandersetzungen und erspart damit Ärger. Männer leugnen, um es sich einfach zu machen. Damit sie ihre Ruhe haben.

Beispiel

Sie erwischt ihn wiederholt dabei, wie er anderen Frauen nachschaut. Es stört sie, weshalb sie ihn anspricht und ihm das Verhalten vorwirft.

Beziehungskiller

Er bestreitet, so etwas überhaupt zu tun. »*Warum sollte ich anderen Frauen nachschauen?*«, fragt er scheinheilig, oder behauptet, »*sich nach etwas ganz anderem umgedreht zu haben*«, oder ähnlichen Unsinn. Besonders übel ist es zu behaupten: »*Ich habe doch nur Augen für dich*«, und gleichzeitig einer anderen nachzustarren.

Wenn es um Kleinigkeiten geht, spricht nichts gegen den Versuch der Bequemlichkeit. Wenn es aber um etwas Wichtiges geht oder wenn ein Vorwurf immer wieder auftaucht, dann funktioniert Leugnen nicht, sondern wirkt im Gegenteil als Beziehungskiller. Es zerstört Vertrauen.

So auch in diesem Beispiel. Was soll die Frau davon halten? Sie stellt ihm Frage um Frage, legt Beweise nach, erhält aber keine klare Aussage und keine Stellungnahme. Je mehr er leugnet, desto ärgerlicher wird sie. Sie gibt keine Ruhe, denn sein Leugnen beunruhigt sie.

Optimales Verhalten

Statt zu leugnen und wenig glaubhafte Ausreden zu erfinden, sollten Männer zugeben, was ihre Frauen beobachten. Denn in den meisten Fällen stimmt es.

Da fast an jedem Vorwurf *etwas* Wahres dran ist, ist Zugeben auf Dauer der heilsamere Weg. Denn was ein Partner zugibt, kann der andere leichter akzeptieren, als wenn es abgestritten wird.
Allerdings: Es geht nicht darum, alles zuzugeben, was die Frau behauptet oder zu sehen und zu wissen glaubt. Es geht nicht darum, ihren Deutungen zuzustimmen, ihr zu Willen zu sein oder der lieben Ruhe wegen nachzugeben.
Es geht einzig und allein um die wahren Aspekte und den wahren Kern ihrer Beobachtungen. Es geht darum zuzugeben, was oder wie das angegriffene Verhalten wahr ist.
Er gibt also zu: *»Ja, ich schaue anderen Frauen nach.«*
Er macht dies, ohne sich zu rechtfertigen, ohne zu erklären, ohne zu beschönigen. Einfach so. Ganz selbstverständlich. Denn so ist das für ihn.

Mögliche Reaktionen und Herausforderungen

Wäre es hiermit getan, wäre Zugeben ein Leichtes, und Männer bräuchten eigentlich gar nicht zu leugnen. Die Sache ist aber noch keinesfalls gegessen. Die Frau setzt nach. Was ihr Mann macht, passt ihr nicht; und sie gibt ihrem Unwillen Ausdruck. Verschiedene Reaktionen sind vorstellbar. Sie erfordern verschiedene Antworten.

Reaktion 1
Sie fordert, dass er dieses Verhalten erklärt: *»Warum tust du das?«*

> Nun, du hast es zugegeben. Jetzt nicht kneifen. Jetzt nicht zum Leugnen zurückkehren. Nicht verharmlosen. Nicht wegreden. Frag dich selbst, warum du es tust. Und das Ergebnis teilst du ihr einfach mit. Sie hat ein Recht darauf, es zu erfahren. Auch wenn du bei der Antwort ins Schwitzen kommst.

Sich mitteilen: *»Ich genieße es, schöne Frauen anzusehen. Ja, es stimmt, du bist nicht die Einzige, die mir gefällt. (Das bedeutet aber nicht, dass du in Gefahr bist, und wenn ja, dann werde ich es dir sagen).«*

> Lass nicht zu, dass an der Antwort herumgedeutet wird. Sie gefällt dir. Andere Frauen gefallen dir auch. Sie ist deine Partnerin. Du stehst zu ihr. Punkt.

Reaktion 2

Sie fordert, dass er dieses Verhalten unterlässt: *»Hör damit auf, lass es sein! Versprich mir das!«*

> Nun geht sie aber wirklich zu weit. Sollst du dir vorschreiben lassen, was du zu tun und zu lassen hast? Dann sitzt sie dir bald im Nacken und du fühlst dich völlig unfrei. Die Sache sollte geklärt werden. Damit sie nicht immer wieder auftaucht. Damit es endlich mal klar ist.

Sich abgrenzen: *»Warum sollte ich es unterlassen? Damit du dich sicher fühlst? Ich könnte es gar nicht unterlassen, ich müsste es heimlich tun. Also werde ich mich nicht quälen. Und du wirst dich möglicherweise unsicher fühlen. Ich wüsste nicht, wie ich das verhindern könnte, ohne mich zu verbiegen. Du wirst das aushalten müssen.«*

Reaktion 3

Sie unterstellt ihm Absichten: *»Du willst fremdgehen! – Ich gefalle dir nicht!«*

> Das ist wirklich ein gemeiner Einwurf. Was kann man gegen solche Unterstellungen vorbringen? Nichts, weshalb du auch nicht versuchen solltest zu beweisen, dass solche Absichten nicht vorhanden sind. Da bleibt wohl nur, auf den Angriff zu reagieren und die Unterstellungen deutlich zu machen. Bleib dabei stehen und fall nicht um!

Sich wehren: *»Eine Frau anzusehen bedeutet für mich nicht, mit ihr ins Bett zu wollen. Diese Deutung kommt von dir, sie wird mir nicht gerecht. Du tust mir Unrecht. Ich finde es nicht richtig, mir so etwas zu unterstellen. Und es bedeutet auch nicht, dass du mir nicht gefällst. Es bedeutet, dass andere mir auch gefallen.«*

Reaktion 4

Sie greift ihn an und macht ihn schlecht: *»Du bist ein Schwein!«*

> Sie fühlt sich verletzt und will dich verletzen. Aber wer setzt hier die Maßstäbe? Wer urteilt hier? Die Frau, und deshalb ist dein Verhalten aus ihrer Sicht eine Schweinerei. Na gut. Wenn sie es so sieht. Dann bist du eben ein Schwein. Zieh den Schuh nicht an.

Humorvoll einbeziehen: Er sagt: *»Ja, du liebst ein Schwein«*, und grunzt.

Reaktion 5

Sie reagiert unglücklich, traurig und leidend: »...«

> Aua, diese Reaktion ist für Männer besonders schwer zu ertragen. Sie leidet und du lieferst den Grund dafür. Dein Gewissen ächzt und flüstert nun auch »Schwein«. Doch langsam. Soll ein Mann alles aufgeben, worunter *sie* leidet? Dann ist er erpressbar. Ist es wirklich falsch, Frauen nachzusehen? Kannst du es überhaupt aufgeben? Nein, es gibt keinen einsichtigen Grund dafür. Es ist Teil deiner Freiheit. Also tue es. Sie wird damit leben müssen.

Dazu stehen: *»Es tut mir Leid, wenn du traurig bist, das ist nicht meine Absicht. Doch ich kann dir dieses Gefühl nicht nehmen, ohne mich zu sehr einzuschränken. Es ist o.k., wenn du traurig bist. Ich lasse dir dieses Gefühl.«*

Idealer Ablauf:

Es gelingt ihm, zu seinem Verhalten zu stehen. Ideal wäre, wenn ihr über die verschiedenen Bedeutungen der Handlung reden könntet. Was bedeutet es für die Frau? Was für den Mann? Was bedeutet ihr Wunsch, er solle das unterlassen, für ihn? Was bedeutet seine Weigerung für sie?

Vielleicht führt dies Gespräch zu einem Austausch darüber, wie jeder Partner »ist«, welche Eigenarten er hat, was er tun muss, was er nicht lassen kann etc. Aber diese Gespräche bitte führen, ohne Werturteile zu fällen.

Die Persönlichkeit und die Eigenarten beider Partner verdienen Respekt, auch wenn sie den Erwartungen des anderen nicht immer entsprechen.

Das hier aufgeführte Beispiel greift nur eine mögliche Leugnung auf. Vorstellbar sind weitere, etwa die Leugnung:

- fremdgehen zu wollen,
- alleine sein zu wollen,
- genervt zu sein,
- bestimmte sexuelle Vorlieben zu haben,

- überlastet zu sein,
- etwas ohne die Partnerin tun zu wollen,
- Gefühle zuzugeben ... und vieles mehr.

Was geschieht, wenn man kritisiertes Verhalten zugibt? Wenn man zugibt, dass oder wie das von der Partnerin beobachtete Verhalten stimmt? Eigentlich gibt es dann nur zwei Möglichkeiten. Entweder man erkennt, dass dieses Verhalten falsch ist, und stellt es ein. Oder man bekennt sich dazu und führt es fort. Dann aber offen und direkt.

Im letzteren Fall besteht die Herausforderung darin, die eigene Persönlichkeit von den Wünschen und Vorstellungen der Partnerin abzugrenzen und zu dem abgelehnten Verhalten zu stehen. Und zwar vor sich selbst und vor ihr.

Was immer dann folgt, ob es ein Erklärungsversuch ist, ein Dagegenhalten, ein sich Abgrenzen, ein Beharren – es gibt der Partnerin in jedem Fall Klarheit und Orientierung. Das erspart ihr, Mutmaßungen über das jeweilige Verhalten und die Gründe des Leugnens anzustellen und somit Opfer ihrer Ängste zu werden.

Lösung zu Beziehungskiller Nr. 2: Erwartungen klären

statt auszufragen und beweisen zu wollen

Gegenüber stehen sich die Verhaltensweisen:
ausfragen/beweisen wollen ⟷ drumherum reden/leugnen

Hintergrund

Verhalten, durch welches *sie* verunsichert wird, beschert ein Mann seiner Frau in reichlichem Ausmaß. Widersprüchlichkeit, Heimlichkeit, Schwindel, Schweigen, Verschließen und Gleichgültigkeit – all das trägt

zu ihrer Verunsicherung bei. Eine verlässliche Orientierung kommt so nicht zustande.
Verständlich, dass die Frau geheime Befürchtungen bestätigt sieht und Angst bekommt, die Beziehung sei gefährdet, der Mann könnte sich von ihr abwenden, das Interesse verlieren, sie betrügen oder gar verlassen. Misstrauen oder Eifersucht als Ausdruck dieser Befürchtungen tauchen auf. Die Abneigungen können sich gegen seine Hobbys, den Beruf, seine Freunde oder andere Frauen richten.
Besonders quälend ist, dass die Frau *»nie genau weiß, woran ich bin.«* Denn der Mann verstrickt sich ja in Widersprüche, sucht Ausflüchte, leugnet Offensichtliches.
»Wenn ich genau wüsste, was Sache ist, wäre es leichter«, berichten Frauen in solchen Situationen. Es ist die Ungewissheit, die sie quält und durch welche vorhandene Befürchtungen verstärkt werden. Das Thema lässt ihr keine Ruhe und sie kommt nicht zur Ruhe.
Ist solch eine Situation entstanden, verhält sich die Frau auf der Suche nach Eindeutigkeit und klaren Aussagen wie eine Detektivin. Sie fragt nach, fragt aus, weist Widersprüchlichkeiten nach, sammelt Beweise, durchsucht seine Kleidung, schnüffelt im Terminkalender, kontrolliert die Telefonliste ...
Bei diesen Nachforschungen geht sie natürlich nicht objektiv, sondern suggestiv vor. *»Gib doch zu, dass ...«*, oder: *»Wenn du nicht ..., warum hast du dann ...?«* Und sofort ist er in Verteidigungsstellung oder im Bau verschwunden.

Beispiel
Sie hat zwei Theaterkarten in seinem Jackett gefunden. Nun befürchtet sie, dass er Beziehungen zu anderen Frauen unterhält.

Beziehungskiller

Sie konfrontiert ihn mit ihrer Entdeckung und verlangt eine Erklärung: *»Wie kommen die Karten in die Jacke, was hast du damit vor?«*

Seine Erklärung, dass er die Karten geschenkt bekam, hält sie für eine Ausrede. Sie verlangt Beweise. Sie investigiert. Sie drängt. Sie nervt. Die Frau fühlt sich durch das Verhalten des Partners missachtet. Ihren Nachstellungen fehlt es deshalb ebenfalls an Achtung, sowohl an Respekt für den Partner als auch an Selbstachtung. Sie ist sich nicht zu schade, im Staub zu wühlen und Beweise zu suchen oder solche zu konstruieren. Und nicht nur, wenn sie sich irrt, schadet sie der Beziehung.

Optimales Verhalten

Sie teilt ihm ihre Entdeckung und Vermutung mit und schildert die inneren Vorgänge, die aufgrund dieser Vermutung bei ihr ablaufen. Und sie äußert ihre Erwartungen.
»Seit ich die Karten gefunden habe, nagt der Zweifel an mir. Momentan bin ich voller Misstrauen. Ich wünsche mir eine ehrliche Antwort von dir. Es ist wichtig für mich, dir vertrauen zu können.«

Mögliche Reaktionen und Herausforderungen

Das war eine guter Ansatz, denn er enthält weder Vorwürfe noch Beschuldigungen noch Unterstellungen. Trotzdem kann der Mann die Aussage so auffassen und entsprechend reagieren.

Reaktion 1
Er überspielt die Angelegenheit: *»Das bedeutet gar nichts, mach dir mal keine Sorgen!«*

> So spricht man mit einem Kind. Er nimmt dich offensichtlich nicht ernst und will es sich mal wieder einfach machen. Da musst du deutlicher werden. Möglicherweise braucht es einige Sätze und Ansätze, um darauf hinzuweisen, wie ernst es dir ist.

Deutlich machen: *»Ich fühle mich nicht ernst genommen. Ich mache mir Sorgen. Das ist ein sensibles Thema für mich. Begreifst du das? Ich brauche eine Antwort. Kannst du das verstehen?«*

Reaktion 2

Er redet drumherum oder erzählt eine Geschichte: *»Die sind von einem Vertreter als Werbegeschenk ...«*

Nun, so eine Geschichte kann wahr sein oder erfunden. Wie kommt sie bei dir an? Schenkst du ihr Glauben? Wenn nicht, mach jetzt trotzdem keine Gegenargumentation oder Beweisführung auf. Sag einfach, wie es bei dir ankommt und was es bei dir auslöst.

Mitteilen: *»Das überzeugt mich nicht. Es löst meine Zweifel nicht auf. Es klingt wie ein Märchen. Mein Misstrauen wird eher größer (... und mit diesem Misstrauen fällt es mir schwer, dir nahe zu sein und vertraut mit dir umzugehen).«*

Durch diese Reaktion bleibt die Möglichkeit offen, dass die Geschichte wahr sein könnte. Jetzt muss *er* sich mit deinen Zweifeln befassen. Statt angegriffen zu werden und sich zu verteidigen wird er aufgefordert, auf dich zuzugehen. Ideal wäre, wenn er jetzt fragt *»Wie kann ich dich überzeugen?«*

Reaktion 3

Er schweigt dazu ...

Das ist eine harte Reaktion. Die muss bei dir einiges auslösen. Wahrscheinlich vordergründig Wut, dahinter Distanz. Versuch nicht, diese Gefühle loszuwerden, indem du ihn aufforderst, endlich etwas zu sagen. Zeige diese Gefühle, aber gib ihm nicht die Schuld dafür.

Abgrenzen: *»Ich bin empört darüber, dass du mich keiner Antwort würdigst. Ich merke, wie ich innerlich auf Distanz zu dir gehe. Sag mir, wenn du mit mir darüber sprechen willst (und solange halte ich mich entsprechend meiner Gefühle fern von dir).«*

Idealer Ablauf:

Weil die Frau auf Schuldzuweisung verzichtet, erhält sie ihre Souveränität und behält die Verantwortung für ihre Gefühle. Dadurch macht sie sich von der Reaktion des Partners unabhängiger.

Gut wäre, wenn die Partner das Thema »Vertrauen« entdecken und über ihre Erwartungen, Ängste und wunden Punkte sprechen können. Ebenso über das Maß an Vertrauen, welches sie füreinander aufbringen können und wo wer wem nicht vertrauen kann.
Auch hier sollte es nicht um Schuldzuweisungen gehen in der Art *»weil du ... bin ich misstrauisch«*, sondern um Mitteilung: *»Das und das Verhalten löst bei mir Misstrauen aus.«*

Statt den Mann auszufragen und etwas beweisen zu wollen, ist es klüger, den eigenen Eindruck zu vermitteln und es erst einmal dabei zu belassen. Nun ist er in Zugzwang. Nicht sie versucht, etwas zu beweisen, sondern er soll etwas klären.
Bis er das tut, sollte der innerliche Abstand äußerlich sicht- und spürbar gemacht werden. Die Frau muss es aushalten, zu warten, bis er »kapiert« und auf sie eingeht. Vielen Frauen fällt es schwer, den nötigen Abstand ein- und die entstandene Ungewissheit auszuhalten. Deshalb drängen sie und machen sich so von seiner Antwort abhängig, etwa im Sinne: »Es kann mir erst gut gehen, wenn die Sache geklärt ist.«
Wenn sie ihn aber »lässt«, fällt ihr mit Sicherheit etwas Besseres ein, als ihn zu bedrängen und mit ihm zu kämpfen. Sie geht derweil einfach ihrer eigenen Wege. Auch wenn sie diese erst entdecken muss.

Lösung zu Beziehungskiller Nr. 3: Sich mitteilen/öffnen

statt zu schweigen und sich zu verschließen

Gegenüber stehen sich die Verhaltensweisen:
schweigen/verschließen ⟷ einreden/vorschreiben

Hintergrund

Männer schweigen. Sie sind berüchtigt dafür. Sie verschließen sich. Sie verkriechen sich tief im Hasenbau. Kein Laut und kein Ton dringen dann nach außen. Sie »mauern sich ein« oder »machen dicht«. Das ist ihre Art, sich in Sicherheit zu bringen.
Dabei können sie objektiv nicht feststellen, ob die Frau in ihrem Tun von einer guten oder bösen Absicht geleitet wird, denn ihr Misstrauen ist latent ständig vorhanden. Die Frau braucht nur eine Frage zu stellen, und schon zieht er sich zurück. Oder sie ist anderer Meinung, und schon wird er still. Oder sie bekommt einen Gefühlsausbruch und er schweigt.
Und Frauen sind alles andere als harmlos. Sie glauben oftmals tatsächlich besser zu wissen, was für den Mann gut ist. Schließlich hat er von sich weniger Ahnung als sie von ihm!
Vieles von dem, was er tut und wie er ist, erscheint aus Sicht der Partnerin falsch. Sie kritisiert sein Hobby, sein Essverhalten, seine Vorlieben ... Sie redet ihm ein, wie er sich verhalten müsse, was er tun müsse, was er denken müsse, wie er fühlen müsse. Sie weiß besser, wie ein Ehemann, ein Liebhaber, ein Freund sich zu verhalten hat. Sie macht Vorschriften. Sie will Zugeständnisse und Versprechen. Sie dringt in ihn ein. Sie lässt nicht locker, es sei denn für Augenblicke, aber dann kehrt sie mit den gleichen Themen zurück. Der Mann hilft sich in seiner Not mit Schweigen.
Zum Beziehungskiller »schweigen/verschließen« möchte ich zwei Beispiele aufführen. Eines, in dem *sie* den Mann verändern will, und eines, in dem sie tatsächlich harmlose Absichten verfolgt. Beide laufen auf die gleiche Herausforderung für den Mann hinaus.

Beispiel 1

Sie hat ihm zum wiederholten Male vorgeworfen ein »Unmensch« zu sein, denn er ist Jäger und sie ist Vegetarierin. Sie will ihn unter allen Umständen von diesem Hobby abbringen, denn so etwas macht *ihr* Traummann nicht. Sie ist nicht eifersüchtig, sondern moralisch. Sie findet es falsch!

Beziehungskiller

Er hat die Vorwürfe über sein Hobby nun schon tausendmal gehört und weiß nicht mehr, was er noch sagen soll. Er kennt die Abläufe und weiß, dass sie immer zu Streit und bösem Blut führen. Deshalb macht er dicht und schweigt. Er lässt die Predigt wieder mal über sich ergehen und denkt sich seinen Teil. Der Partnerin erscheint er kühl und unerreichbar. Unter diesen Umständen sind Schweigen und Verschließen die besten Möglichkeiten des Selbstschutzes, über die Männer verfügen. Stur und steif abwarten, bis das Gewitter sich verzogen hat. Er versucht sich vor ihrer Eindringlichkeit zu retten, aber anstatt mit Einreden und Vorschreiben aufzuhören, legt *sie* höchstens eine Kampfpause ein. Bis zum nächsten Mal. Der Kerl muss doch irgendwie zu knacken sein! Da muss Frau doch irgendwie rankommen!

Optimales Verhalten

Statt sich zu verschließen, sollten Männer mitteilen, was solches Verhalten ihnen »macht«. Sie sollten zugeben, dass es sie nicht kalt lässt. Vielleicht empört es sie. Vielleicht kränkt es sie. Vielleicht erzeugt es Wut, sogar Hass, oder es lässt sie von der Partnerin »abrücken«, erzeugt also Distanz. *Er* teilt mit: *»Ich will dir mal sagen, was in mir vorgeht, wenn du so auf mich einredest und mir vorschreiben willst, was ich zu tun und zu lassen habe (es macht mich traurig, wütend, stumm, bringt mich weg von dir ...).«*

Mögliche Reaktionen und Herausforderungen

Nun, das ist schon etwas Neues für die Frau. Er teilt sich mit. Das lässt sie stutzen. Aber soll sie ihm glauben? Soll sie akzeptieren, was er fühlt und wie er sich verhält? So einfach gibt sie nicht auf. Da muss doch was zu machen sein. Das wollen wir doch mal sehen.

Reaktion 1

Sie beharrt auf ihrer Meinung: *»Wenn du ein Mensch wärst, würdest du die Tiere leben lassen.«*

Diese Beleidigung hat es in sich. Die Spitze dieses Speers soll dich treffen und in Selbstzweifel stürzen. Nun besteht die Gefahr endloser Diskussionen. Ist Jagen gut oder schlecht? Wer weiß besser, was richtig oder falsch ist? Wer hat Recht? Die Rechthaberei führt zu nichts. Denn hier unterscheidet *sie* sich von *ihm*. An dieser Tatsache geht kein Weg vorbei. Ihr seid UNTERSCHIEDLICH! Klar? Dann mach das auch klar.

Sich abgrenzen: *»Ich bin anders als du. Ich habe andere Ansichten als du. Ich habe andere Bedürfnisse als du. Ich finde andere Dinge richtig als du. Du wirst dies akzeptieren müssen. Ich werde mich nicht dir zuliebe verbiegen. Ich werde tun, was ich für richtig halte! Du musst mich nicht mögen dafür, aber respektieren.«*

Der Ton, in dem du das aussprichst, braucht nicht hart, nicht scharf, sondern einfach nur selbstverständlich zu sein.

Reaktion 2

Sie bittet ihn mit zuckersüßer Stimme, Rücksicht zu nehmen: *»Lass es doch bitte, mir zuliebe! (... oder hast du mich nicht lieb?)«*

Das ist geschickt. Sie will dich testen. Jetzt nur nicht den Generösen spielen. Willst du wirklich darauf verzichten? Kannst du es aus ganzem Herzen? Wenn nicht, dann wehre den Anspruch ab. Versuch ihr klar zu machen, was sie von dir verlangt, am besten mit einem Beispiel.

Sich wehren: *»Dir zuliebe und mir zuleide. Weißt du überhaupt, was das Jagen für mich bedeutet? Weißt du, was du da von mir verlangst? Das ist so, als ob ich von dir verlange ... in Zukunft Fleisch zu essen ...* Würdest du das mir zuliebe tun?«

Reaktion 3

Sie droht mit Konsequenzen: *»Dann ziehe ich eben aus!«*

Hier bricht ein Machtkampf aus. Da ist es um so wichtiger, die Grenzen klar zu machen. Bis hier hin und nicht weiter. Das geht zu weit. Wenn sie das wirklich ernst meint, wenn die Beziehung davon abhängt, was kann diese Beziehung dir dann bedeuten? Mach klar, was du für dich brauchst. Und was eine solche Drohung für dich bedeutet.

Sich behaupten: *»Du kannst mich nicht zwingen. Du kannst mich nicht verändern. Diese Macht hast du nicht. Meine Selbstachtung lässt es nicht zu, von dir gezwungen zu werden. Auch ich brauche es, in der Beziehung so sein zu können, wie ich bin. Ich brauche es ... mit meinem Hobby in Ruhe gelassen zu werden. Ich will, dass du das respektierst.«*

Gut so. Du willst die Beziehung und den Respekt! Spiel nicht den Coolen, sag nicht: »dann geh doch«, sondern bleib einfach bei der Wahrheit.

Reaktion 4

Sie verachtet ihn: *»Du bist echt krank!«*

Das tut weh. Gib es ruhig zu, Mann. Die Frau, die du achtest und liebst, verachtet dich. Das ist wie ein Tritt ins Herz, stimmt´s? Tja, du bist halt auch nur ein Mensch mit Gefühlen. Weiß sie überhaupt, was dir das ausmacht? Sag es ihr.

Sich zeigen: *»Das schmerzt mich. Ich würde mir wünschen, du könntest mir mein Hobby lassen, auch wenn du es nicht verstehst. Auf jeden Fall möchte ich von dir nicht auf diese Art beleidigt werden! Ich habe Gefühle und will, dass diese geachtet werden.«*

Idealer Ablauf

Machtkämpfe haben zum Ziel, das eigene Interesse und die eigenen Vorstellungen auf Kosten des Partners in der Beziehung durchzusetzen. Hier verliert die Beziehung auf jeden Fall, denn der Unterlegene wird sich daraus zurückziehen. Gut wäre es in diesem Beispiel, wenn das Thema »Jagen« zum Anlass genommen würde, über die Art und Weise des Umgang mit Unterschiedlichkeit zu sprechen.

Auf jeden Fall sollte es ihm gelingen, das zu zeigen, was ihm am Herzen liegt und wichtig ist. Wenn das nicht möglich ist, weil die Frau nicht darauf eingeht, dann ist genau diese Unmöglichkeit das Thema, das der Mann aufgreifen sollte. Denn oftmals fragen Frauen nach den Gefühlen des Mannes. Wenn diese ihnen aber nicht genehm sind, negieren sie diese Gefühle. Beispielsweise fragt die Frau: »Findest du die neue

Nachbarin anziehend?«; und wenn er »Ja« sagt, dann findet sie das völlig unmöglich und empört sich: »Wie kannst du nur!« Genau hier muss der Mann zäh dranbleiben und auf diese Ablehnung seiner Empfindung und seinen Wunsch nach Respekt hinweisen.

Was ich in dem Beispiel von Männern verlange, nämlich sich mitzuteilen, zu öffnen und angreifbar zu machen und dann zu sich zu stehen, fällt den meisten nicht leicht. Denn sie befürchten, dass die Frau auf ihren Gefühlen rumtrampelt. Das aber sollten Männer nicht zulassen, sondern dann gerade ihrer Partnerin zeigen, was es an Gefühlen auslöst.

Beispiel 2

Sie bemerkt eine Bedrückung an ihm und fragt: *»Was hast du, was ist mir dir?«* Ähnliche Fragen lauten: *»Was fühlst du gerade?«*, oder: *»Woran denkst du gerade?«*

Beziehungskiller

Er versteht ihre Frage nicht. Er vermutet, dass sie auf etwas bestimmtes hinauswill. Jetzt nur nicht aufs Glatteis führen lassen. Lieber auf Nummer Sicher gehen. Er antwortet also: *»Nichts«*, und schweigt.
Das kann sie allerdings nicht glauben. Schließlich weiß sie über ihre eigenen Gefühle recht gut Bescheid. Warum sollte er über seine Gefühle nichts wissen? Wahrscheinlich hat er etwas zu verbergen. Und das kann nur mit ihr zu tun haben, sonst würde er es ja sagen. Wieder erzeugt das Schweigen des Mannes Verunsicherung und Misstrauen.

Optimales Verhalten

Statt Schweigen wäre ein wenig Offenheit angebracht. Offenheit bedeutet aber nicht, das Innere nach außen zu kehren und einer Begutachtung zur Verfügung zu stellen. Offenheit bedeutet nicht, die eigenen Gefühle »aus der Hand« zu geben.

Offenheit bedeutet, das zu sagen und zu tun, was in diesem Moment stimmig und wahr ist. Vielleicht ist er mit ganz anderen Dingen beschäftigt als damit, über sich nachzudenken. Vielleicht folgt er einem Bedürfnis nach Ruhe. Vielleicht will er nicht darüber sprechen. Oder er weiß es nicht, weil ihm noch nichts an sich aufgefallen ist.

Er teilt mit: *»Mir ist nichts aufgefallen. Wenn ich was entdecke, sage ich es dir.«*

Mögliche Reaktionen und Herausforderungen

Das ist ja eine magere Antwort. Damit soll sie sich zufrieden geben? So schnell geht das nicht! Nun aber heraus mit der Wahrheit!

Reaktion 1

Sie beharrt: *»Du musst doch wissen, was in dir vorgeht!«*

Ach ja? Musst du das? Und wenn du es weißt, musst du es dann sagen? Bist du zur Auskunft verpflichtet? Ist das ein Verhör, das Militär, die Inquisition? Sie langweilt sich oder macht sich irgendwelche Sorgen. Wenn sie nervt, sag es ihr.

Sich behaupten: *»Du bedrängst mich. Ich fühle mich unter Druck gesetzt. Du zerrst an mir rum! Lass mir jetzt meine Ruhe. In einer halben Stunde bin ich für dich da.«*

Reaktion 2

Sie klagt: *»Nie weiß ich, woran ich mit dir bin.«*

Das kann man verstehen. Ein offenes Buch bist du nicht gerade. Aber NIE ist auch nicht wahr. OFT wäre ein passenderes Wort.

Zugeben: »Das stimmt wohl, oft weiß ich es ja selber nicht.« Zugeben macht vieles einfacher. Jetzt fühlt sie sich zumindest verstanden.

Reaktion 3

Sie unterstellt: *»Du willst es mir nicht sagen!«*

Das ist ihre Angst. So deutet sie deine Antwort. Jetzt nur nicht für dein Verhalten rechtfertigen. Sag lieber, wovor du Angst hast.

Mitteilen: *»So verstehst du meine Antwort? Wenn ich also nicht sofort sagen kann, was mit mir los ist, bekommst du Angst? Wirst du mir dann eine Szene machen? Wirst du zehn mal fragen? Davor habe ich nämlich Angst.«*

Du machst Fortschritte. Endlich kannst du mal zugeben, Angst zu haben. Und das ist noch ein schwaches Wort bei dem Horror, den du vor ihren Szenen hast.

Reaktion 4

Sie verachtet ihn: *»Typisch Mann!«*

Da spricht ihre Enttäuschung. Sie verletzt dich, weil sie sich abgelehnt und dadurch verletzt fühlt. Dieser Rundschlag muss nicht sein.

Sich zeigen: *»Jetzt wirst du verletzend. Das führt zu nichts. Das macht mich nur zu.«*

Idealer Ablauf:

Ideal wäre, wenn es dem Mann gelänge, klarer zu machen, wie er tickt. Er braucht Zeit, um seine Gefühle wahrzunehmen. Und Druck bringt ihn von seinen Gefühlen weg. Punkt. Je besser die Partner ihre unterschiedliche Art im Umgang mit Gefühlen begreifen, desto weniger Angst und Spannung entsteht und desto mehr Verständnis und Entspannung kehrt ein. In den hierzu nötigen Auseinandersetzungen sollte der Mann auch gegen die Meinungen und Ansichten der Frau bestehen können, damit sein Inneres geschützt ist.

Männer schweigen auch, weil sie der emotionalen Kraft und Vehemenz, welche ihnen durch die Frau entgegenkommt, wenig entgegenzusetzen haben. Sie fürchten, angeklagt, niedergemacht, in die Ecke gedrängt, festgenagelt oder in anderer Weise emotional missbraucht zu werden.
In der Tat halten Frauen den weitaus größten Teil der emotionalen Fläche einer Beziehung besetzt. Sie tun das ganz selbstverständlich. Da der

Mann seine Gefühle nicht in gleicher Geschwindigkeit und Intensität dagegen halten kann, breiten sie sich auf der freien Fläche aus; und er schweigt dazu und mauert sich lieber ein.
Ja, es fällt Männern schwerer, ihren inneren Zustand zu entdecken, und auch, über die entdeckten Gefühle zu sprechen. Besonders dann, wenn es sich um so genannte schwache Gefühle wie Verletzlichkeit, Traurigkeit oder um Ängste handelt.
Will der Mann die ihm zustehende emotionale Fläche in der Beziehung einnehmen (also fünfzig Prozent), so wird nur die Akzeptanz seiner Eigenart ihm dazu verhelfen.
Er braucht mehr Zeit und es fällt ihm schwerer. Punkt. Und er hat Gefühle, die *ihr* ganz und gar nicht gefallen und die sie abwerten wird, sobald er diese äußert. Aber auch dieses abwertende Verhalten stellt letztlich eine Herausforderung dar, die es ihm ermöglicht, Standhaftigkeit zu trainieren.

Lösung zu Beziehungskiller Nr. 4: Einsehen

statt einzureden und vorzuschreiben

Gegenüber stehen sich die Verhaltensweisen:
einreden/vorschreiben ⟷ schweigen/ sich verschließen

Hintergrund

Männer beklagen sich darüber, dass Frauen »besser wissen, was wir fühlen müssten, denken müssten...« »Sie reden und reden, bis du es nicht mehr hören kannst.« »Diese quälenden Versuche, in mir rumzumachen. Damit fängt sie immer wieder an.«

Da sie mit emotionalen Themen versierter umgehen als Männer, fällt Frauen das Einreden und Argumentieren in dieser Hinsicht leicht. Sie wollen in die Gefühlswelt des Mannes vorstoßen und dort Ordnung herstellen, eine Ordnung allerdings, wie sie ihren Vorstellungen entspricht. Dabei verlassen Frauen sich ganz auf ihren »Bauch«, also auf ihre Gefühle und Empfindungen. Von dort aus betrachtet verhält sich der Mann wirklich unmöglich; und dagegen müssen sie angehen. Männer empfinden dieses mit aller Kraft betriebene Einreden und Vorschreiben zu Recht als Versuch seelischer Manipulation.

Was bringt Frauen dazu, sich in das Innenleben ihrer Männer einzumischen? Frauen können nur schwer nachvollziehen, dass ein Mann aufgrund seines männlichen Bewertungssystems nicht nur anders denkt, sondern tatsächlich auch anders fühlt. Er tickt anders. Sie fühlen sich dadurch verunsichert. Und da Männer geübt in Heimlichtuerei sind, erhält die Frau eine Menge Gelegenheiten, verunsichert und in der Folge aufgebracht zu sein.

Sie beginnt nun einen emotionalen Machtkampf, dessen Ziel es ist, das als falsch erachtete Verhalten und Empfinden des Mannes so zu verändern, dass sie sich darin orientieren kann und sich seiner Zuwendung und Gefühle sicher fühlt.

Beispiel
Sie hat auf einer Party mit einem fremden Mann geflirtet und ist jetzt sauer, weil ihr Partner *nicht* eifersüchtig wurde (oder es zumindest nicht zeigt).

Beziehungskiller

Sie kann das einfach nicht begreifen und besteht darauf, dass *» ... du doch eifersüchtig sein musst, wenn dir was an mir liegt. Jeder normale Mann wäre eifersüchtig.«*

Sie redet und argumentiert, konstruiert Beispiele, macht Vorwürfe, greift an und beleidigt. Sie macht ihm klar, dass er so, wie er ist, nicht in

Ordnung ist. Nicht normal! Er müsste dies ... und jenes ... Er begreift ihre Attacke nicht, ihm gehen die Argumente aus und er tritt den Rückzug an.

Optimales Verhalten

Sie teilt ihm ihre Verwunderung über sein eifersuchtsloses Verhalten mit und erzählt ihm, was bei ihr in so einem Fall ablaufen würde.
Sie hält also ihre Gefühle »im Zaum« und teilt ihre Deutung mit, dass *»es auf mich wirkt, als ob dir nichts an mir liegen würde«,* anstatt eine solche Behauptung aufzustellen.
Sie fragt ihn, wie sie sich verhalten müsste, damit er ähnliche Eindrücke des Nicht-geliebt-Fühlens entwickeln würde.

Mögliche Reaktionen und Herausforderungen

Dieses Verhalten ist von dem Bedürfnis getragen, Einsicht in die inneren Abläufe des Partners zu erreichen. Sie möchte nicht eindringen, sondern einsehen. Und sie will Einsicht gewähren. Sie will begreifen statt zu beeinflussen. Dennoch kann er mit gewohntem Misstrauen oder Unvermögen reagieren.

Reaktion 1
Er kann über sein Gefühlsleben keine klare Auskunft geben: *»Keine Ahnung, was da abläuft, ich bin einfach nicht eifersüchtig.«*

Das war zu befürchten. Und wahrscheinlich stimmt es auch noch. Also bleibt es erst einmal ein Rätsel. Du kannst dich nur über sein Verhalten wundern. Und das solltest du ihm gegenüber tun. Allerdings ohne jeden wertenden Beigeschmack.

Sich wundern: *»Ist das nicht seltsam, wie unterschiedlich wir empfinden? Ich werde schon eifersüchtig, wenn du eine andere anschaust. Bei dir scheint das ganz anders zu sein ...«*

Über ehrliches Wundern kommt ihr leichter in ein Gespräch. Denn dann spricht Offenheit und das gibt ihm Raum, sich mitzuteilen.

Reaktion 2

Er lehnt das Thema ab, will über *»deine Eifersüchteleien«* nicht sprechen.

Das fördert die gewünschte Klarheit nicht gerade. Was passiert jetzt in dir? Kannst du es einfach lassen? Das wäre eine gute Möglichkeit. Oder lässt dir das Thema keine Ruhe? Willst du es verstehen? Dann kannst du dein Unverständnis und deine Erwartung mitteilen.

Mitteilen: *»Ich verstehe nicht, warum wir uns über solche Themen nicht unterhalten können. Was macht es so schwer?«*

Jetzt musst du aber auch OFFEN sein für die Antwort. Möglicherweise sagt er: *»Ich bin doch gar nicht frei, dir zu antworten. Du akzeptierst doch nur Antworten, die dir passen!«* Hat er Recht? Dann zeig, dass du seine Antworten stehen lässt und trotzdem versuchst, sie zu verstehen, auch wenn sie dir nicht gefallen.

Reaktion 3

Er gibt zu, dass ihm in erotischer Hinsicht *»nicht mehr viel an dir liegt.«*

Mist. Du hast danach gefragt. Jetzt weißt du es. Verfall jetzt nicht in Vorwürfe. Bemüh dich auch nicht um seine Liebe. Erkenne, dass es so ist. Erlaube dir die Gefühle, die dann auftauchen.Und finde allmählich raus, welche Konsequenzen es für dich hat, also,wie du dich dazu verhalten willst.

Erkennen: *»Ich versteh nicht, wieso ich nicht mehr begehrenswert für dich bin. Ich werde es wohl hinnehmen müssen, dass du so fühlst. Ob ich in einer Beziehung sein kann, in der ich nicht begehrt werde, muss ich sehen.«*

Vielleicht ist die Beziehung auch ohne Begehren gut genug. Wenn nicht, dann ist es jetzt klar und diese Orientierung ist allemal besser, als in der Luft zu hängen.

Idealer Ablauf:
Besser als Versuche, den Mann, sein Verhalten, Fühlen und Denken zu verändern ist es, zu erkennen, wie er ist. Denn meines Wissens ist es noch keinem Partner gelungen, den anderen zu verändern. Aber die Partner können dazu kommen, über die unterschiedliche Bedeutung zu sprechen, die sie einem bestimmten Verhalten geben, und auf diese Weise Verständnis erreichen oder zumindest Einsicht.

Ein-sehen meint, in sich und den Partner hinein zu schauen. Die Deutungen zu entdecken. Die Gefühle, die aufgrund der Deutungen entstehen, nachzuvollziehen.

Beispiel fremdgehen. Wenn Männer fremdgehen, geben sie dem in vielen Fällen eine andere Bedeutung, als wenn Frauen das tun. Männer sehen es »lockerer« und stellen durch einen Seitensprung selten die Beziehung in Frage. Frauen geben diesem Vorgang wesentlich mehr Bedeutung, weil sie sich meist tiefer einlassen. Für einen Mann bedeutet es »Vergnügen«, für eine Frau eher »Beziehung«.

Wenn eine Frau den Seitensprung des Mannes nun nach ihren Maßstäben beurteilt, kommt sie zu ganz anderen Schlüssen. Aber warum ist sie so sicher, ihr Maßstab wäre richtig und seiner falsch? *»Weil ich es fühle!«* Dieser Satz klingt endgültig und vernichtet jede andere Möglichkeit. Es ist so, weil ich es so fühle!

Für Einsicht und Erkenntnis ist ein gewisser Abstand von Gefühlen nötig. Es kann also nicht schaden, wenn Frauen etwas »cooler« werden, sobald sie sich beim Einreden und Vorschreiben ertappen.

Warum orientiert sich die Frau so stark an ihren Gefühlen? Weil diese ihre einzig verlässliche Orientierung darstellen, denn der Mann hält seine Gefühle ja zurück. Da nur ihre Gefühle im Raum stehen, kann sie sein Empfinden nicht zu ihrer Orientierung heranziehen.

Einsehen meint auch, einen Schritt von den Emotionen weg und zum Verstand hin zu tun.

Frauen sollten sich nicht nur am Bauch, sondern auch am Kopf orientieren. Denn der Bauch hat keinesfalls immer Recht. Und wenn der Bauch tatsächlich Recht hat, wenn der Mann beispielsweise »nicht an ihr als

Frau interessiert ist«, dann wird kein noch so intensives auf ihn Einreden dieses Interesse wieder wecken.
Dann hilft nur, diese Tatsache *einzusehen.* Es zu kapieren, statt dagegen anzurennen. Es zu akzeptieren, statt manipulieren zu wollen. Wenn sie die Kraft zu dieser Realisation nicht findet, wird sie sich in den vergeblichen Versuchen erschöpfen, ihn und seine Gefühle zu verändern.
Durch verstandesmäßiges Relativieren des Bauches kann eine Frau sehen, wie ihr Partner wirklich *ist*, wie er tickt, wie er fühlt, worauf er Wert legt. Und dann herausfinden, wie sie sich dazu verhalten will. Denn zu erkennen, was für einen Mann sie sich in Wirklichkeit geangelt hat, bedeutet nicht, diesen für immer aushalten zu müssen.

Lösung zu Beziehungskiller Nr. 5: Klarstellen

statt sich zu verdrücken und heimlich zu tun

Gegenüber stehen sich die Verhaltensweisen:
sich verdrücken/heimlich tun ⟷ stillschweigend einplanen

Hintergrund

Wenn Mutter etwas verbot, gab es für den Jungen nur die Möglichkeiten, entweder zu verzichten oder es heimlich zu tun.
Heimlich tun und sich nicht erwischen lassen hat sich auf Dauer als gute Lösung herausgestellt, weshalb Männer dieses Verhalten, das sie obendrein bei ihren Vätern abschauen konnten, trainiert haben.
Auch hier treffen wir auf den konfliktscheuen Mann, der den vordergründig einfachen Weg gehen will. Kommt sein heimliches Treiben jedoch ans Tageslicht, wird die Angelegenheit alles andere als einfach.

Aber selbst wenn sie nicht auffallen, belasten Heimlichkeiten die Beziehung. Denn sie schaffen ein schlechtes Gewissen und schränken so die Qualität des Kontaktes zur Partnerin ein. Der Mann hält dann Abstand, weil er sich schuldig fühlt und sich in der Nähe noch weniger entspannen kann.

Beispiel 1
Er trifft sich ab und zu mit einer ehemaligen Partnerin.

Beziehungskiller

Da seine Frau diesen Kontakt nicht wünscht, machte er es bisher heimlich. Er bringt sich und die Beziehung durch sein Verhalten in eine gefährliche Situation.
Wenn die Sache rauskommt, wird es schwer sein, das gebrochene Vertrauen wieder herzustellen. Außerdem fällt es ihm zunehmend schwerer, seiner Frau in die Augen zu sehen.

Optimales Verhalten

Er sucht eine Klärung mit seiner Frau. Er äußert seinen Standpunkt: *»Ich werde den Kontakt mit ihr fortführen und ich werde es nicht länger heimlich tun!«*

Mögliche Reaktionen und Herausforderungen

Das war mutig und ehrlich und klar. Aber damit ist die Sache nicht ausgestanden. So leicht ist der Widerstand seiner Partnerin nicht aufzulösen. Schließlich löst das, was er tut, bei ihr Angst aus. Sie fühlt sich bedroht und kämpft nun für ihre Sicherheit.

Reaktion 1

Sie macht ihm eine Szene, wird emotional, wütend, schreit, weint. Ihr ausgesprochener oder unausgesprochener Vorwurf lautet: *»Wegen dir muss ich leiden! Du bist schuld, dass es mir schlecht geht!«*

Nun aber ruhig bleiben. Schau ihrer Reaktion zu. Es scheint sie sehr mitzunehmen. Und sie hofft, dich emotional unter Druck setzen zu können. Das macht sie wahrscheinlich nicht absichtlich, aber sie weiß, dass es schon oft funktioniert hat. Wenn du jetzt einknickst, bist du wirklich leicht rumzukriegen. Zeig dich als Gegenüber. Beziehe einen klaren Standpunkt.

Abgrenzen: *»Sicher bin ich Auslöser für deine Gefühle, aber ich bin nicht schuld an deiner Angst. Ich kann dich verstehen, aber du bist nicht alleine in dieser Beziehung. Ich bin auch da. Und meine Bedürfnisse sind ebenso viel wert wie deine. Dass du dich lauter äußerst, setzt dich nicht ins Recht.«*

Reaktion 2

Sie droht mit Konsequenzen: *»Wenn du das tust, werde ich dich verlassen!«*

Das ist ein Hammer. Das dickste Geschütz. Da versucht sie, dir eine Grenze aufzuzeigen. Möglicherweise meint sie es ernst. Aber nicht alles wird so heiß gegessen, wie es gekocht wird. Also nicht gleich ins Bockshorn jagen lassen. Auf jeden Fall aber musst du nun eine *ernsthafte* Auseinandersetzung führen.

Sich gerade machen: *»Es scheint mir, du stellst eine Machtfrage. Du willst mich zwingen, darauf zu verzichten. Soll ich mich weiter heimlich treffen? Wäre dir das lieber? Der Kontakt ist wichtig für mich, und er bedeutet keine Bedrohung unserer Beziehung. Wenn ich deinem Wunsch entspreche, fühle ich mich eingesperrt und fremdbestimmt. Das kann ich nicht akzeptieren.«*

Reaktion 3

Sie verlangt eine Erklärung: *»Ich versteh nicht, was du bei der willst?«*

Nun, deine Treffen mit deiner Ex sind wirklich angstauslösend. Da hat sie schon ein Recht auf eine Erklärung. Vielleicht passt ihr manches nicht, was du ihr jetzt sagen musst. Aber gerade jetzt geht es darum, ehrlich zu sein und Einblick in deine

Motive zu geben. Warum ist es so wichtig für dich? Raus damit!

Sich verständlich machen: Er beschreibt, warum der Kontakt für ihn wichtig ist: *»Sie ist nach all den Jahren ein Freund für mich geworden. Ich habe nicht viele Freunde, ich brauche Freundschaften. Ich kann mit ihr auf eine Weise sprechen, wie ich es mit niemand sonst kann.«*

Ja, auch mit dir nicht, liebe Partnerin. Sicher hast du auch solche Freundschaften und kannst das verstehen.

Idealer Ablauf:
Ideal wäre, wenn du Verständnis für deine Bedürfnisse erreichst und das Vertrauen deiner Partnerin. So etwas erfordert respektvolle Auseinandersetzung. Und Auseinandersetzung braucht Standpunkte. Also musst du deinen Standpunkt vermitteln. Wenn eure Standpunkte sich reiben, findet ihr schließlich Bereitschaft und Grenzen gegenseitiger Rücksichtnahme heraus. Ihr müsst eure Grenzen respektieren oder aber die Konsequenzen in Kauf nehmen.

Heimlichkeit ist ein wirkungsvoller Beziehungskiller. Ich habe manche Beziehung auseinander gehen sehen, weil »es« schließlich doch herauskam und das Vertrauen in den Partner gebrochen und nicht mehr zu reparieren war.

Im Übrigen zeugt es von geringer Selbstachtung, sich als erwachsener Mann wie ein kleiner Junge heimlich hinter Mutters Rücken auszuleben. Wer dies tun will, muss mit seinem schlechten Gewissen und der Gefahr, erwischt zu werden, leben.

Heimlichkeiten ein Ende zu setzen erfordert den Mut, dazu zu stehen, dass »ich andere Bedürfnisse habe.« Andere, als die Partnerin und deren Erwartungen es wünschen.

Als Lohn dieser Ehrlichkeit entsteht auf Dauer eine offene und vertrauensvolle Beziehung. Die bekommen aber nur Männer, die auch bereit sind, die nötigen Auseinandersetzungen zu führen und sich mitzuteilen.

Zur Fähigkeit des Mannes, sich zu verdrücken, also auszuweichen, möchte ich ein weiteres Beispiel bringen.

Beispiel 2
Er verdient das Geld und sie versorgt Haushalt und Kind. Sie verlangt von ihm, einen Teil der Hausarbeit zu übernehmen. Er erklärt sich einverstanden, Mittwochs früher von der Arbeit zu kommen und für einige Stunden mitzuhelfen.

Beziehungskiller

Leider kommt ihm immer etwas dazwischen: *»In der Firma ist momentan so viel los, da kann ich nicht weg.«*
Und wenn er nicht arbeitet, vergisst er den Termin oder schlampt beim Putzen rum und verteilt den Dreck, anstatt sauber zu machen.
Nach einigen Monaten hat er es geschafft, seine Frau richtig sauer zu machen. Ein Dauerstreitthema entsteht.

Optimales Verhalten

Offensichtlich hat er einen Widerwillen gegen die getroffene Vereinbarung. Deshalb verdrückt er sich lieber. Sein »Vergessen« ist Ausdruck dieser Ablehnung, die er nun offen legt.
Er sagt: *»Im Grunde sehe ich nicht ein, wieso ich im Haushalt helfen sollte. Das würde ich erst für richtig halten, wenn du auch Geld verdienst. Ich nehme also mein Versprechen, Mittwochs zu putzen, zurück.«*

Mögliche Reaktionen und Herausforderungen

Das war ja wohl »typisch Mann«. Diese Pille wird sie nicht ohne weiteres schlucken.

Reaktion 1
Sie greift an: *»Du bist ein richtiger Macker. Die Drecksarbeit können Frauen machen.«*

Ein Griff in die Emanzipationskiste. Sie will dir ein schlechtes Gewissen machen dafür, dass du ein Mann bist. Steh dazu.

Zu sich stehen: *»Ja, solange ich das Geld heimbringe, bin ich Macker. Wenn du auch Macker sein willst, geh auch arbeiten. Dann teilen wir beides – Geld und Hausarbeit.«*

Reaktion 2

Sie beklagt sich: *»Es ist mir einfach zu viel, bitte hilf mir doch!«*

Nun ist Klarheit gefragt. Klarheit über dich! Befass dich nicht mit ihr, ob sie überlastet ist oder nicht, sondern mach klar, wozu du bereit bist und wozu nicht.

Sich abgrenzen: *»Nein, ich werde nicht helfen. Im Urlaub ist das was anderes, da kann ich helfen. Aber solange ich Geld verdiene und du nicht, musst du sehen, wie du es selbst hinbekommst.«*

Reaktion 3

Sie droht, die Hausarbeit nicht mehr zu machen: *»Dann lass ich es eben liegen. Ich bin doch nicht deine Putzfrau.«*

Hier geht es um die Klarheit eurer Vereinbarungen. Um Aufgabenverteilung. Darum, gemeinsame Regelungen zu treffen. Um Verhandlungen.

Fordern: *»O.k. – lass uns klare Abmachungen treffen. Wer ist wofür zuständig? Was sind deine Aufgaben und was meine?«*

Idealer Ablauf:

So weit hat er seine Grenzen klar gemacht und keinen Grund zum Verdrücken und Vergessen mehr.

Nun können die Hintergrundthemen »persönliche Belastung« und »persönliche Zufriedenheit« auf den Tisch kommen. Möglicherweise ist sie mit ihrem Hausjob unzufrieden und glaubt, er hätte einen tollen Job.

Ideal wäre, wenn beide Einsicht in ihren Tagesablauf, ihre Pflichten und die damit verbundenen Belastungen geben würden und auf dieser Grundlage zu Vereinbarungen kommen, die für beide tragbar sind.

Auf vieles von dem, was Männer heimlich tun, glauben sie einen Anspruch zu haben. Dann sollten sie diesen Anspruch auch offen vertreten. Die Beziehung wird dadurch klarer und direkter. Und in den Auseinandersetzungen über diese Themen finden die Partner dann Wege des Umgangs damit.

Lösung zu Beziehungskiller Nr. 6: Offen einbeziehen

statt stillschweigend einzuplanen

Gegenüber stehen sich die Verhaltensweisen:
stillschweigend einplanen ↔ verdrücken/ heimlich tun

Hintergrund

Den Mann stillschweigend in Pläne einzubeziehen ist eine Folge der (unbewussten) Entscheidung einer Frau, ihn in ihr Lebenszentrum einzubauen.
Dieses Einplanen kann kleine Absichten betreffen, beispielsweise einen Besuch bei Freunden, zu dem der Partner fraglos angekündigt wird. Ein wesentlich größerer Plan beinhaltet: *»Ich wünsche mir ein Kind, ich brauche nur noch den passenden Mann dazu.«*
Ein Mann berichtet dazu folgendes: *»Jeder von uns hatte seine Freiräume, was ich auch für wichtig in einer Beziehung halte. Doch es trat eine Wende ein, als sie mir sagte: ›Kurt, ich liebe dich, am liebsten möchte ich dich heiraten‹. Dies sagte sie, nachdem wir Liebe gemacht hatten. Damit schoss sie mich aus der Umlaufbahn. Ich konnte nichts sagen und war irgendwie durcheinander. Ohne konkreten Anlass hörte ich*

mich Dinge sagen wie: ›Ich werde keine Kinder haben, kein eigenes Haus haben‹, usw. Ich hatte plötzlich weniger Lust, sie zu treffen.«
Dieser Mann »macht sich vom Acker«, er fängt an, sich zu verdrücken. In den nun folgenden Trennungsgesprächen offenbart die Frau, die jetzt ebenfalls Abstand sucht, tatsächlich ihre Träume von Kind und Haus. Ohne es benennen zu können, hatte er gespürt, dass er von ihr eingeplant wurde.
Doch auch in große Pläne, etwa ihren gesamten Lebensentwurf, planen Frauen ihre Partner ein.

Ein Beispiel

hierfür liefert eine Frau, die drei Monate nachdem sie einen Mann kennen gelernt hatte, zwei Eheringe kaufte, in welche sie die Namen beider Partner eingravieren ließ. Diese Ringe hielt sie versteckt bereit. Sie war sich ihrer Sache wohl zu sicher gewesen, denn die Rechnung ging nicht auf. Nach der Trennung musste sie einsehen, *»dass ich ihn wohl zu selbstverständlich in mein Leben eingeplant hatte. Im Grunde genommen habe ich ihn damals mit mir verheiratet; und er wusste nichts davon.«*

Aufgrund der gesellschaftlichen Botschaft »du musst einen Mann haben«, ist ein solches auf Absicherung zielendes Verhalten durchaus nachvollziehbar. Die Frau hofft: *»Wenn ich erst einen habe, dann endlich ... werden meine Wünsche in Erfüllung gehen.«*
Gleichzeitig müssen Frauen erkennen, wie allergisch Männer auf Fremdbestimmung reagieren. Deshalb halten sie ihre Erwartungen zurück, um den Mann nicht abzuschrecken. Erst mal geht es darum, »einen zu kriegen.« Sie sind sich sicher: *»Wenn wir erst mal zusammen sind, wird es schon klappen, ... werde ich ihn schon dahin bekommen«*, und scheinen zu glauben: *»Wenn er mich liebt, wird er das Gleiche wollen wie ich.«*
Das Zusammensein bekommt auf diese Weise eine für den Mann nicht nachvollziehbare Bedeutung. Es bedeutet die Erfüllung von Sehnsüchten und Wünschen, in die der Mann nicht einbezogen ist. Wenn es dann zur Enttäuschung kommt, weil der Mann nicht mitzieht, fällt die Frau aus al-

len Wolken. »*Wieso willst du nicht mit mir zusammen wohnen, du hast doch gesagt, du liebst mich.*« Ja, das hat er, aber es hat für ihn womöglich ganz andere Bedeutungen.

Beispiel
Ein Paar ist seit zwei Jahren verheiratet. Nun möchte sie ein Kind haben und fordert dies ein. Er steht diesem Plan allerdings zurückhaltend gegenüber.

Beziehungskiller

Die Frau fürchtet, ihre Pläne könnten scheitern. In ihrem Vorwurf zeigt sich, dass sie ihn stillschweigend eingeplant hat: »*Wenn du kein Kind mit mir wolltest, dann hättest du mich nicht heiraten dürfen.*«
Sie wirft ihm diesen Satz mit der größten Selbstverständlichkeit an den Kopf. An dieser Logik hat *er* schwer zu schlucken. Das also bedeutet verheiratet sein für sie. Er reagiert sauer. Damit hat er nicht gerechnet.
Und selbst wenn die beiden nun ein Kind bekommen sollten, wird es gefühlsmäßig mehr *ihr* Kind als seines sein. Und möglicherweise steht sie bald mit diesem Kind alleine da.

Optimales Verhalten

Da es zu spät ist, die mit der Heirat verbundenen Vorstellungen vor der Eheschließung zu vergleichen, bleibt der Frau nur der Weg, ihn jetzt an ihren Plänen (sprich Wünschen) teilhaben zu lassen, statt Druck und Vorwürfe zu machen.
Sie fragt: »*Wünschst du dir auch manchmal ein Kind?*«, oder erzählt: »*Ich wünsche mir in letzter Zeit öfter, ein Kind zu haben.*«
Diese Formulierung ist offen, enthält keine Forderungen. Trotzdem kann der Mann eigene Schlüsse ziehen und alle möglichen oder unmöglichen Deutungen anstellen. Seine Reaktionen mögen also vielfältig sein.

Mögliche Reaktionen und Herausforderungen

Ihr Wunsch hat, wenn er darauf eingeht, weit reichende Konsequenzen für den Mann. Gehört jedoch wie in diesem Fall ein Kind nicht zu seinem Lebensentwurf, ist auf jeden Fall mit deutlicher Zurückhaltung zu rechnen.

Reaktion 1

Er fühlt sich unter Druck gesetzt und reagiert abwehrend oder ignorierend: *»Das ist doch jetzt kein Thema.«*

> Diese Reaktion war beinahe zu erwarten. Jetzt ruhig bleiben und dranbleiben. Wenn er nicht darauf eingeht, solltest du mehr von deinen Wünschen preisgeben.

Vorstellungen mitteilen: *»Stimmt, für dich nicht. Für mich scheint es ein Thema zu werden. Ich sitze oft hier und sehe dann ein Kind herumlaufen. Bei dieser Vorstellung geht mein Herz auf. Ich glaube, ein Kind bedeutet mir sehr viel.«*

> Und dann achte darauf, ob er von deinen Vorstellungen angetan ist. Steigt er auf deine Wünsche ein oder wendet er sich davon ab? Erzählt er von seinen eigenen Wünschen? Spricht er über seine Bedenken, Ängste?

Reaktion 2

Er hat ganz andere Pläne und lehnt rigoros ab: *»Ein Kind kommt für mich nie in Frage!«*

> Basta! Hier bezieht er eindeutig Standpunkt. Also wäre es gut, deinen Standpunkt ebenfalls klar zu machen. Auch diesmal fruchtet es nichts, Vorwürfe zu machen oder Forderungen zu stellen. Du kannst ihn nicht zwingen, Kinder zu wollen. Versuche herauszufinden, wo in seiner Werteskala das Thema Kind angesiedelt ist.

Dazu stehen: *»Ich weiß, wir haben uns nie über Kinder unterhalten. Vielleicht hätten wir das machen sollen. Auf jeden Fall sollten wir es jetzt tun. Ich wüsste schon gerne deine Einstellung hierzu. Träumst du auch von Kindern? Wovon träumst du? Was ist für dich wichtig? Wie stellst du dir dein Leben vor?«*

> Versuch nicht, zu manipulieren. Mach die Augen und Ohren auf und begreife, was für ein Mann er ist und worauf er Wert legt.

Reaktion 3

Er ist nicht sicher, er weiß nicht, er vertröstet: *»Ja, vielleicht später mal.«*

Das kann nun zweierlei bedeuten. Entweder will er das Thema loswerden, oder er weiß es wirklich nicht. Wie wichtig ist das Thema für dich? Wo stehen Kinder in deiner Werteskala. Wie stellst du dir dein Leben vor? Ist die Beziehung auch ohne Kind wichtig genug für dich? In welchem Alter willst du Kinder bekommen? Und wann wird er mehr darüber wissen? Das alles solltest du herausfinden, aber nicht unbedingt an einem Tag.

Pläne offen legen: *»So wie ich es sehe, will ich in den nächsten ... Jahren ein Kind haben. Es ist sehr wichtig für mich. Ich kann mir auf Dauer eine Beziehung ohne Kind nur schwer vorstellen. Ich muss deshalb deine Einstellung dazu erfahren. Wann werde ich von dir erfahren, ob du mitziehst?«*

Wenn er dir keinen Termin sagen kann, dann mach dir klar, wie du mit dieser Ungewissheit umgehen willst. Mach deine Bedingungen klar. Aber drohe nicht. Es ist DEIN Standpunkt. Du nimmst ihn nicht ein, um seinen Standpunkt zu manipulieren, sondern weil es DEIN Standpunkt ist.

Idealer Ablauf:

Es gelingt ihr, Pläne und Absichten zu vermitteln, also ihren Lebensentwurf mitzuteilen, ohne ihn darin zu verpflichten. Sie kann aber ohne weiteres ihn »hineinwünschen«.

Die Partner nehmen das Thema auf, um ihre Träume und Lebensentwürfe zu vergleichen. Dadurch entsteht Einsicht und möglicherweise tun sich auch neue, gemeinsame Vorstellungen auf. Wenn nicht, wird auf jeden Fall deutlicher, wo die Vorstellungen sich unterscheiden, und eventuell, welche Ängste und Erwartungen mit den Absichten des Partners verbunden sind.

Optimal wäre gewesen, vor der Heirat die damit verbundenen Vorstellungen zu veröffentlichen. Dann hätte die Frau feststellen können, ob der Mann in ihren Lebensentwurf passt und dadurch zum »richtigen« Mann wird.

Männer wehren sich dagegen, wenn über sie bestimmt wird. Sofort geraten sie in Panik und kaschieren dies mit Aggression oder Kühle, oder sie schieben eine Stellungnahme hinaus. Frauen sollten deshalb so früh als möglich ihre Pläne offen legen. Danach sollten sie nicht passiv warten, bis der Mann sich zu einer Aussage bequemt, sondern eine Art »Fahrplan« ablaufen lassen, der die Möglichkeit, auch ohne den Mann klarzukommen, beinhaltet.

Hierzu ein kleines Beispiel

Sie will zur Hochzeit ihrer Schwester fahren und *ihn* mitnehmen. Sie fragt ihn so früh als möglich, ob er sich vorstellen kann, mit ihr zur Hochzeit zu fahren. Im anschließenden Gespräch versucht sie, eine Zusage zu bekommen. Gleichzeitig kündigt sie an, was sie tun wird, wenn sie keine Aussage von ihm erhält.
»Bis dann ... brauche ich deine Zusage, dann muss ich den Flug buchen. Ich buche nur dann einen Flug für dich mit, wenn du zugesagt hast. Ansonsten fliege ich allein.«

Es geht einerseits darum, den Wunsch oder das Bedürfnis zu äußern, und andererseits darum, ihre Bereitschaft zu zeigen, *ohne ihn* Spaß zu haben. Diese Konsequenz »auch ohne dich« sollte nicht als Erpressung oder Drohung ausgesprochen werden, sondern einfach eine Darlegung ihrer Pläne sein für den Fall, dass er sich nicht festlegen will. Einfach, *»weil ich keine Lust habe, in der Luft zu hängen.«*
Auf diese Weise bleibt *ihm* das Gefühl, selbst entscheiden zu können, und sie hat von Anfang an eine Alternative zur Verfügung. Diese Alternative schiebt den Mann aus dem Zentrum ihrer Pläne. Anstatt ihre Welt um den Mann herum zu bauen, wird er einfach ein schöner Teil davon, ein Anbau ihrer Welt.
Allerdings fällt vielen Frauen diese konsequente Form der Abgrenzung in der Beziehung schwer. In meinen Partnerberatungen habe ich unzählige Mal Aussagen folgender Art gehört: *»Warum bin ich dann mit ihm zusammen«*, oder: *»Dann könnte ich mir ja gleich einen anderen suchen.«* Natürlich spürt der Mann, dass er in solchen Fällen funktionalisiert wird, und wehrt sich dagegen »Objekt« zu sein.

Lösung zu Beziehungskiller Nr. 7: Deutlich und ehrlich sein

statt Erwartungen zu wecken und nicht zu halten

Gegenüber stehen sich die Verhaltensweisen:
Erwartungen wecken/nicht halten ⟷ verantwortlich machen/vorwerfen

Hintergrund

Männer haben Frauen gegenüber permanent ein schlechtes Gewissen. Sie hören die Klagen der Frauen und wissen sehr gut, wie viel Wahres daran ist.

Sie glauben selbst, »nicht genug« für Frauen zu tun und »nicht richtig« für sie da zu sein. Deshalb fühlen sie sich ihnen verpflichtet. Darin liegt sicher ein Grund, warum sie zu leichtfertigen Versprechungen neigen.

Darüber hinaus geben Männer ihren Zusagen eine andere Wertigkeit, als Frauen dies häufig tun. Sie halten berufliche und geschäftliche Angelegenheiten für wichtiger als private Dinge und als Liebesthemen. Deshalb sind sie eher bereit, die Beziehung gegenüber anderen Lebensbereichen zurückzustellen.

Allerdings wollen sie dies auch nicht zugeben. Denn das würde ja Öl ins Feuer der Vorwürfe gießen, mit denen sie bereits überschüttet werden. Darum handeln sie nach der Devise: *»Erst mal kurzfristig Luft verschaffen und ruhig etwas versprechen, zurückziehen kann ich die Zusage dann immer noch.«*

Im Ergebnis senden sie Botschaften, bei denen sich Worte und Verhalten widersprechen. Sie sagen *»Ja«* und tun *»Nein«*. Damit kann man die ruhigste Frau zur Verzweiflung führen oder zum Ausrasten bringen.

Beispiel 1
Sie reitet gerne und wünscht sich seit Jahren einen gemeinsamen Reiturlaub: »Ich würde so gern mal mit dir einen Reiturlaub machen.«

Beziehungskiller

Er ist eigentlich kein begeisterter Reiter, beteuert aber im Brustton der Überzeugung: *»Klar, das machen wir!«*
Nur seltsamerweise wird diese Absicht seit Jahren nicht umgesetzt. Immer wenn es konkret wird, wenn er Farbe bekennen soll, steht gerade etwas anderes an. Es ist auch keine Änderung in Sicht, weil er »so lange« nicht vorausplanen kann. So zieht sich die Angelegenheit dahin: *»Ja, sicher werden wir dies tun, aber muss es gerade dieses Jahr sein?«*
Auf diese Weise weckt und enttäuscht er permanent Erwartungen. Dabei hatte er unausgesprochen zugesagt, es »ihr zuliebe« zu tun. Dass er es nicht tut, muss beinahe zwangsläufig bei *ihr* zu der Überzeugung führen, sie sei ihm nicht wichtig. Also kämpft sie um die Einhaltung des Versprechens und gibt keine Ruhe.

Optimales Verhalten

Es ist allemal besser, keine leichtfertigen Versprechen zu machen. Denn diese fallen wie ein Bumerang auf ihren Absender zurück. Vorwürfe und Risse in der Beziehung sind die Quittung. Frauen wollen einen Mann, auf den sie sich verlassen können. Das heißt aber nicht, dass er die Wünsche der Frau erfüllen muss. Seine Aussagen sollen verlässlich sein. Man soll ihm Vertrauen schenken können. Er soll ehrlich sein. Deshalb muss der Mann sich prüfen, bevor er auf einen Wunsch positiv antwortet.
Er zögert und hält inne. Er fragt nach, was *»mal«* und was *»Reiterurlaub«* bedeutet. Er findet heraus, was sie genau von ihm erwartet, wie lange, wohin, mit wem, wie der Tagesablauf aussähe. Diese Eindrücke lässt er auf sich wirken.

Dann antwortet er: *»Ich kann mir nicht vorstellen, dass ich das tun werde. Ich kann mir nicht vorstellen, Spaß daran zu haben.«*

Mögliche Reaktionen und Herausforderungen

Das hatte sie befürchtet. Nicht mal die Kleinigkeit kann er für mich tun. Das ist eine echte Enttäuschung. Und mit wem soll ich denn sonst fahren. Das geht nicht. Da hätte ich ja gleich einen Tauchlehrer heiraten können. Wozu bin ich denn mit ihm zusammen? Er muss mit!

Reaktion 1

Sie greift ihn an und macht Vorwürfe: *»Nie tust du was für mich! Ich tue so viel für dich. Du bist ein verdammter Egoist.«*

> Jetzt nur nicht auf den Vorwurf einsteigen und eine lange Liste aufzählen, was du alles für sie tust. Kohlen hochtragen, Bügeleisen reparieren, Auto putzen ... Nimm sie ernst. Es ist wichtig für sie. Deshalb kämpft sie so dafür. Mach klar, was wichtig für dich ist!

Sich abgrenzen: *»Ich möchte nicht etwas für dich tun, womit es mir schlecht geht. Ich möchte nicht mit einem langen Gesicht neben dir reiten und eine gute Miene zu einem für mich bösen Spiel machen. Du wärst von diesem Urlaub genau so enttäuscht wie ich.«*

Reaktion 2

Sie will ihn überreden: *»Komm schon, andere Männer machen das auch für ihre Frauen!«*

> Das ist ein indirekter Vorwurf. Sie versucht dir ein schlechtes Gewissen zu machen und dich zum Einlenken zu bringen. Du sollst so tun, als ob es für dich eine Kleinigkeit wäre. Geschickt! Aber eine Woche Langeweile ist keine Kleinigkeit für dich. Ganz und gar nicht. Es ist die Hölle.

Sich deutlich machen: *»Ich möchte nicht, dass du auf mich einredest. Versuch bitte nicht, mich zu überreden. Es wäre eine Quälerei für mich. Wisch meine Einwände nicht weg. Nimm sie ernst!«*

Reaktion 3

Sie reagiert enttäuscht und traurig: *»Du magst mich nicht! Ich bin dir gleichgültig.«*

Das war zu befürchten. Schließlich wärst du auch enttäuscht, wenn die Partnerin etwas dir sehr Wichtiges nicht mitmachen will. Es muss wohl tatsächlich wichtig für sie sein. Zeig ihr, dass du das verstehst. Zeig ihr auch, dass dir etwas an ihr und ihrem Glück liegt. Und bleib trotzdem ehrlich.

Auf sie eingehen: *»Ich sehe, dass es dir sehr viel bedeuten würde. Kann ich etwas für dich tun, das mir auch Spaß bereitet? Kann ich dir eine andere Freude machen? Können wir etwas tun, das uns beiden Spaß macht?«*

Idealer Ablauf:

Es gelingt ihm, seine Bereitschaft zu vermitteln, ihr zuliebe etwas zu tun. Aber etwas, das ihn nicht unglücklich macht.

Gut wäre, wenn die Partner darüber sprechen, was die Erwartungen und auch Ablehnungen des anderen für den anderen bedeuten. So können sie besser herausfinden, wo sie zusammenkommen und wo es miteinander nicht passen will. Wenn gegenseitige Einsicht und Verständnis entstehen, findet sich ein Weg, mit dem beide zufrieden oder sogar glücklich sein können.

Die letzte Frage des Mannes lautete: *»Können wir nicht etwas tun, das uns beiden Spaß macht?«*

Auch wenn nicht sofort solch eine Gemeinsamkeit auftaucht, allein die hierdurch gezeigte Anteilnahme und Ehrlichkeit wird sich positiv auswirken. Denn *er* drückt dadurch aus: *»Du bist mir nicht egal – du liegst mir am Herzen.«*

Und wenn beide Herzen einen Platz in ihr finden, dann ist auch die Beziehung zufrieden.

Deshalb ist es allemal besser zu sagen:

- mich planst du besser nicht mit ein,
- das ist nichts für mich,

- da werde ich dich enttäuschen müssen,
- das kann ich mir nur schwer vorstellen,

als *sie* ständig zu frustrieren. Wenn ein Mann allerdings glaubt, wie viele Männer es tun, in der Partnerschaft müssten »Kompromisse« gemacht werden, dann wird er bei seinen verhängnisvollen Halbwahrheiten und bedeutungslosen Versprechen bleiben.
Im nächsten Beispiel geht es um wesentlich existenziellere Versprechungen und Erwartungen.

Beispiel 2
Sie legt Wert auf einen hohen Lebensstandard inklusive Haus, Kind, zusätzliches Studium, zwei Hunde, Urlaube, Designerkleider, schickes Auto ...
Er versprach seinerzeit, für all das zuständig zu sein. Tatsächlich gelingt es ihm auch, Geld heranzuschaffen.

Beziehungskiller

Er verschweigt allerdings schon seit einigen Jahren, wie es finanziell tatsächlich aussieht. Denn seine Firma schreibt rote Zahlen und auch das Privatvermögen der beiden ist bereits zum Großteil verpfändet. Er macht weiter fleißig Schulden, um seine Versprechen einzuhalten, nicht als Versager dazustehen und sie nicht zu enttäuschen.
Man kann sich vorstellen, zu welchem Bruch der Beziehung es eines Tages kommen wird, wenn er zugeben muss: *»Ach, übrigens, bevor ich es vergesse. Wir sind pleite, und aus dem Haus müssen wir auch raus.«*

Optimales Verhalten

Besser wäre es, seine Frau an der Entwicklung teilhaben zu lassen. Dann kann sie langsam aus ihrer Wolke absteigen und braucht nicht aus allen Wolken zu fallen.

Er vereinbart mit ihr ein Gespräch und bringt das Thema »unsere finanzielle Situation« auf den Tisch. Dabei geht es vor allem um die Kürzung der laufenden Ausgaben und darum, sich auf Schlimmeres einzustellen.

Mögliche Reaktionen und Herausforderungen

Sie lässt sich auf den Gesprächstermin ein, ist aber vom Thema nicht gerade begeistert.

Reaktion 1
Sie lehnt das Thema ab: *»Wir hatten gesagt, Geld ist deine Angelegenheit und nicht meine. Also sieh zu, dass du mehr verdienst.«*

> Stimmt schon, das hast du ja versprochen. Vielleicht hast du damals den Mund zu voll genommen? Auf jeden Fall schaffst du es nicht und musst wohl oder übel auf deine Grenzen und den Ernst der Lage hinweisen.

Sich deutlich machen: *»Ich habe in den letzten Jahren alles versucht. Ich schaffe es nicht. Ich habe eh schon zu lange gezögert, mit dir darüber zu sprechen. Wir geben zu viel aus, wir haben Schulden und stehen kurz vor der Pleite. Die Lage ist ernst.«*

Reaktion 2
Sie wird aggressiv und greift an: *»Dann gib dir mehr Mühe! Tu was! Streng dich an!«*

> Sei ein Mann! Das ist der Appell an die alte Versorgungsvereinbarung. Mach klar, dass du dieses Versprechen nicht länger erfüllen kannst. Mach deinen Zustand klar und auch, was DU brauchst.

Sich mitteilen: *»Ich habe alles versucht. Ich bin erschöpft und seelisch am Ende. Ich kann es nicht alleine. Ich brauche deine Hilfe.«*
Ein guter Ansatz. Wenn du jetzt noch sagen kannst, was genau dir helfen würde, dann hast du dich tatsächlich gezeigt.

Reaktion 3
Sie bekommt Angst: *»Was soll nur aus mir werden?«*

In der Reaktion kommst du nicht vor. Das klingt danach, funktionalisiert zu werden. Bist du nur dazu da, Geld ranzuschaffen? Was bekommst du dafür? Stimmen eure Verträge noch?

Sich zeigen: *»Und was ist mit mir? Was soll aus mir werden? Ich habe auch Angst!«*

Alles läuft nun auf die Frage hinaus: *»Können wir das zusammen durchstehen. Gibt es noch ein ›wir‹? Oder ist die Beziehung damit beendet?«*

Idealer Ablauf:
Es gelingt ihm, die Situation deutlich zu machen und zugleich seine eigene Verfassung. Damit stehen beide vor der Aufgabe einer Realisation. Möglicherweise muss sie ebenfalls arbeiten gehen. Auf jeden Fall müssen sich beide auf eine Vorgehensweise einigen. Ausgaben kürzen? Haus verkaufen? ...?

Lösung zu Beziehungskiller Nr. 8: Für sich sorgen

statt ihn verantwortlich zu machen und Vorwürfe zu machen

Gegenüber stehen sich die Verhaltensweisen:
verantwortlich machen/vorwerfen ⟷ Erwartungen wecken/nicht halten

Hintergrund

Haben sie sich auf einen Mann »eingelassen«, fangen Frauen an, sich auf ihn zu verlassen. Diesen Begriff kann man ruhig wörtlich auffassen. Sie verlassen *sich* und stützen sich *auf* den Mann. Im Ergebnis erleben sie sich als abhängig.

Dies gilt, sobald eine Frau den Mann zu ihrem Zentrum, zur »wichtigsten Sache« ihres Lebens, gemacht hat. Ab diesem Zeitpunkt dreht sich alles um *ihn*. Da ist es nur konsequent, *ihn* auch für den eigenen Zustand und dessen Veränderungen verantwortlich zu machen.

- *»Wenn er mich begehren würde, könnte ich mich als Frau fühlen.«*
- *»Weil er ... nicht mit mir tanzen geht, muss ich hier rumhängen.«*
- *»Weil er sich mir nicht zuwendet, hat mein Leben keinen Sinn.«*
- *»Wegen ihm habe ich meinen Beruf aufgegeben.«*

Männer neigen dazu, sich solche Schuhe anzuziehen. Sie fühlen sich tatsächlich für das Seelenleben ihrer Frauen verantwortlich. So wie sie damals schuld waren, wenn Mutter litt, ärgerlich oder wütend war.

Diese Last wiegt indes schwerer, als ein Mann zu tragen vermag. Sehr oft habe ich den Satz gehört: *»Ich ertrage es nicht länger, für ihren Zustand verantwortlich gemacht zu werden.«*

Doch was soll die Frau tun? Sie hat den Mann ins Zentrum ihres Lebens gesetzt, aber ihre eigenen Bedürfnisse sind dadurch nicht automatisch erfüllt. Alle Wege zur Bedürfniserfüllung führen nun scheinbar über *ihn*; und deshalb sind auch viele Erwartungen auf ihn gerichtet. Und wenn sich die Ereignisse nicht entsprechend ihrer Wünsche entwickeln, ist er schuld. Und dann ist es nur recht, ihm Vorwürfe zu machen.

Beispiel 1

Er ist kein besonders mitteilsamer Typ. Vertraute Atmosphäre und tiefe Gespräche kommen mit ihm selten zustande.

Beziehungskiller

Sie vermisst Vertrautheit, fühlt sich isoliert und wirft ihm den Satz: *»Du interessierst dich überhaupt nicht für mich!«*, an den Kopf.

Er ist von diesem Vorwurf überrascht und begegnet ihm mit Unverständnis. Wenn er sich nicht für sie interessieren würde, wäre er nicht mit ihr zusammen. Das also kann sie nicht meinen. Was meint sie? Was will sie eigentlich? Das erfährt er auf diese Weise nicht. Also wird er sich verteidigen oder selbst angreifen oder einmauern.

Optimales Verhalten

Statt ihm ein nicht näher beschriebenes Verhalten vorzuwerfen, kann sie ihre Bedürfnisse kommunizieren.
Sie sagt: *»Ich wünschte mir, ich könnte mehr davon erzählen, wie es mir geht.«*
Solch einen Satz ohne Vorwurf zu sagen ist wirklich nicht einfach. Leichter wäre der Satz: *»Ich wünsche, du würdest mir öfter zuhören«*, aber da ist noch ein indirekter Vorwurf drin.
Ein Vorwurf ist meist ein Umweg, weil sich dahinter ein Bedürfnis verbirgt. Je deutlicher dieses Bedürfnis erfasst und formuliert wird, desto größer ist die Chance, vom Partner verstanden zu werden. Allerdings stellt dieser Versuch, durch Mitteilung von Bedürfnissen für sich zu sorgen, keine Garantie her, dass er auch darauf eingeht.

Mögliche Reaktionen und Herausforderungen

Ob er will oder nicht, er fasst diese Äußerung höchstwahrscheinlich doch als Vorwurf auf. Von dort aus kann er auf verschiedene Weise reagieren.

Reaktion 1
Er geht scheinbar darauf ein: *»Wie geht es dir denn, erzähl doch«*, und blättert beim Zuhören in seinem Computermagazin.

> Das ist so ein typisches Doppelsignal. Zuwenden und abwenden zugleich. Lass dir das nicht bieten, nimm das nicht hin, aber rutsche auch nicht in Vorwürfe ab, sondern teile mit, was aufgrund dieses Signals in dir geschieht.

Mitteilen: *»Während du Zeitung liest, kann ich dir nicht erzählen, was in mir vorgeht. Dann habe ich das Gefühl, nicht interessant zu sein oder in einen leeren Raum zu sprechen. Kannst du mir zuhören, ohne zu lesen? Das würde mir das Gefühl geben, dass du mit mir bist.«*

Reaktion 2
Er fällt aus allen Wolken und *» ...weiß gar nicht, was du willst. Wir reden doch ständig miteinander!«*

Die Bemerkung kannst du ruhig ernst nehmen. Entweder weiß er wirklich nicht, was du willst, oder er gibt den Themen weniger Bedeutung als du. Jetzt musst du deutlicher werden und trotzdem in Ich-Sätzen sprechen. Du solltest deine eigene Betroffenheit mitteilen, denn so kannst du Betroffenheit erreichen.

Sich zeigen: *»Ich bin unzufrieden. Ich fühle mich allein. Ich sehne mich nach Vertrautheit. Ich träume von einem Arm um meine Schulter. Dass jemand mich fragt: ›Erzähl mal, wie war dein Tag?‹, oder: ›Wie geht es dir heute?‹«*

Achte aber auf den Ton deiner Stimme. Es sollte kein Vorwurf und kein Drängen darin sein. Sonst machst du ihn doch noch verantwortlich.

Reaktion 3

Er streitet die Berechtigung für diese Gefühle ab: *»Du hast doch keinen Grund, dich so zu fühlen. Das ist doch nur dein ewiger Film!«*

Wenn du dich so fühlst, gibt es auch einen Grund dafür. Aber es hat keinen Sinn, über die Berechtigung von Gefühlen zu diskutieren. Besser ist es klar zu machen, wie du tickst und was du brauchst. Auch das kannst du sagen, ohne ihm Vorwürfe zu machen.

Zu sich stehen: *»Ich komme mit dieser Ablehnung meiner Empfindungen nicht klar. Ich brauche es, mit meinem Partner über die kleinen Dinge zu sprechen, ich brauche es, nah zu sein, ihm in die Augen zu sehen, sein Lächeln zu sehen. Es macht mich froh, es tut mir gut!«*

Ob er nun darauf eingeht oder nicht – es ist deine Wahrheit! So bist du! Das brauchst du!

Reaktion 4

Er wendet sich ab. Was sie sagt, erreicht ihn nicht, und es ist im Laufe der Zeit auch keine Veränderung seiner distanzierten Haltung festzustellen.

Erkennen: Wenn er nicht auf dich eingeht, dann solltest du dies erkennen. Reagiert er nicht, ist er wahrscheinlich tatsächlich nicht an diesem Austausch interessiert. Dann hat es auch keinen Sinn, darauf zu drängen. Dann gibt die Beziehung dies nicht her! Kannst du damit leben? Oder stellt es die Beziehung in Frage?

Idealer Ablauf:
Wenn sie keine Vorwürfe macht, sondern ihre Bedürfnisse offen und ohne Forderungen mitteilt, besteht die Chance, dass er Gleiches tut. Im Idealfall würden beide echte Ich-Sätze austauschen. Der Zeigefinger des Du-Vorwurfes verwandelt sich in eine offen Hand des Sich-Zeigens. So entsteht Einsicht in die gegenseitigen Bedürfnisse.

Stetig auftauchende Vorwürfe sind ein Teil des Machtkampfes, in dem es darum geht, die eigenen Bedürfnisse in der Beziehung durchzusetzen. Frauen sind wahre Meisterinnen in der Kunst dieses Vorwerfens. Ich erinnere mich an viele Partnerberatungen, in denen es 30 Minuten und länger dauerte, bis die Partnerin einen vorwurfsfreien Satz aussprechen konnte.
Warum fällt es Frauen so schwer, ihre Bedürfnisse direkt mitzuteilen? Ich habe festgestellt, dass sie diese oftmals nicht konkret, sondern nur indirekt benennen können. Typische, hier verkürzt und krass dargestellte Horrordialoge aus der Sicht eines Mannes würden folgendermaßen verlaufen:

Sie: »Du unternimmst nichts mit mir!«
Er: »Was soll ich mit dir unternehmen?«
Sie: »Lass dir halt mal was einfallen!«
oder
Sie: »Du redest nie mit mir!«
Er: »Worüber soll ich mit dir reden?«
Sie: »Wenn du das nicht weißt ...«

Einen Vorwurf ohne konkrete Mitteilung des dahinter liegenden Bedürfnisses zu erhalten ist wahrlich eine gemeine Sache, mit der die meisten Männer nicht umgehen können. Im Gegensatz zu den Du-Vorwürfen lassen Ich-Sätze ihnen den Raum, den sie brauchen, um überhaupt aufnehmen zu können.

Bedürfnisse mitzuteilen hat nichts mit bitten oder bloßstellen zu tun, sondern damit, deutlich zu sein, sich verständlich zu machen und für sich zu sorgen. *»Das ist mein Bedürfnis, so bin ich, das brauche ich.«* Wenn dann zusätzlich, verbal oder nichtverbal, die Botschaft einfließt: *»Du bist nicht dafür verantwortlich, meine Bedürfnisse zu erfüllen«*, wird ein Machtkampf vermieden.

Der Umgang mit Bedürfnissen ist nicht ganz einfach. Man kann zwar erwarten, dass sich Bedürfnisse erfüllen; und man kann diese Erwartung deutlich machen. Ebenso ist es sinnvoll, die Enttäuschung oder Frustration zu zeigen, die sich einstellt, wenn Bedürfnisse unerfüllt bleiben. Allerdings macht es wenig Sinn, die Erfüllung von Bedürfnissen einzufordern und den Mann für den eigenen Zustand verantwortlich zu machen. Denn die Erwartungen richten sich letztlich an die Beziehung. Der Satz: *»Ich erwarte/fordere von einer Beziehung intensiven Sex«*, ist sinnvoll und nachvollziehbar. Die Aussage: *»Ich fordere intensiven Sex von dir!«*, dagegen ist unsinnig. Schließlich ist der Partner kein Callboy.

Frauen sollten auf jeden Fall für sich sorgen und ihre Bedürfnisse deutlich äußern. Dann kommt es im Idealfall zu einer Auseinandersetzung darüber, welche Bedürfnisse beide Partner haben und ob oder wie diese gegenseitig erfüllt werden können.

Wie aber sorgt eine Frau für sich, wenn bestimmte Bedürfnisse auf Dauer in der Partnerschaft unbefriedigt bleiben? In diesem Fall ist es allemal besser, diese Tatsache klar zu realisieren, als einen aussichtslosen Kampf zu führen. Denn aufgrund der Realisation hat die Frau mehr Möglichkeiten, für sich zu sorgen. Entweder verzichtet sie bewusst und erspart sich zumindest den sinnlosen Kampf. Oder sie entschließt sich, das Bedürfnis außerhalb der Partnerschaft zu befriedigen. Oder sie geht eine andere Beziehung ein, weil diese sich als zu wenig ergiebig erweist.

Zum Thema »verantwortlich machen« möchte ich ein zweites Beispiel anbringen.

> ***Beispiel 2***
> Thema Hausarbeit: Beide gehen arbeiten, und trotzdem weigert er sich, seinen Teil der Hausarbeit zu machen.

Beziehungskiller

Sie ärgert sich, macht ihm wiederholt Szenen und resigniert schließlich mit der Begründung: »Einer muss es ja machen, und er macht es einfach nicht.«
Doch nur scheinbar stimmt sie ihrem Schicksal zu, denn innerlich macht sie ihm weiter Vorwürfe und baut eine emotionale Ladung auf, die in alle möglichen anderen Auseinandersetzungen mit einfließt.

Optimales Verhalten

Statt ihm Vorwürfe zu machen, dass sie so viel arbeiten muss, könnte sie einfach ruhig und entspannt bleiben und für sich sorgen.
Sie sagt nichts, sondern richtet in der Wäscheecke einfach einen zweiten Korb ein. Dort hinein kommt jetzt seine Wäsche und da bleibt sie dann.

Mögliche Reaktionen und Herausforderungen

Solcherlei Abgrenzung wird er nicht ohne weiteres hinnehmen. Dazu ist er zu bequem.

Reaktion 1
Er beschwert sich: *»Ich habe überhaupt nichts mehr zum Anziehen! Kannst du nicht mal eben ... «*

> Ja, du könntest, wenn du wolltest. Aber du willst ja nicht. Und er soll das begreifen. Dazu braucht es kein einziges Wort, keine Diskussionen, sondern einzig und allein eindeutiges Verhalten. Bleib dabei.

Abgrenzen: *»Du hast nichts zum Anziehen. Das sehe ich auch so.«*

> Gut. Nun muss er kommen. Fang in der Auseinandersetzung aber nicht an, dich zu rechtfertigen. Steht einfach dazu, dass es dir »zu viel ist«. Dass du »keine Zeit« dafür hast oder einfach »keine Lust«.

Reaktion 2

Er bringt seine Wäsche einfach in die Wäscherei: *»Ich bin doch keine Hausfrau!«*

Da sorgt er für sich. Die Frage ist nur, wie das mit der Bezahlung geregelt werden soll.

Standpunkt vertreten: *»Das kann aber nicht von unserem gemeinsamen Geld geschehen. Das musst du dann selbst zahlen«*, oder: *»Gute Idee, das werde ich auch tun!«*

Idealer Ablauf:

Es gelingt ihr, eine stillschweigend praktizierte Regel zu kündigen und die Grenzen ihrer Bereitschaft klar zu machen. Wenn beide daraufhin klare Regeln für den Umgang mit Hausarbeit aushandeln, muss das Thema keine Belastung der Beziehung mehr sein.

Die Formel zur Delegation von Verantwortung »Weil du ... muss ich ...«, ist eigentlich immer ein Selbstbetrug. Wer Verantwortung abgibt, braucht sich nicht zu wundern, wenn der Partner tut, was er für richtig hält.

Wer sein Herz verschenkt, muss hilflos dabei zusehen, was der Partner damit macht. Da hilft nur, das Herz in die eigenen Hände zurückzunehmen und selbst darüber zu bestimmen.

Lösung zu Beziehungskiller Nr. 9: Ganze Sachen

statt halbe Sachen im Kontakt

Gegenüber stehen sich die Verhaltensweisen:
halbe Sachen im Kontakt ⟷ Liebesbeweise fordern

Hintergrund

In Filmen wird es oft gezeigt: Ein Mann nimmt seine Frau in den Arm und tätschelt dabei ihren Rücken.
In diesem Verhalten liegen zwei Botschaften, deren Aussagen sich allerdings widersprechen. Denn zum einen sagt der Mann, indem er eine Umarmung anbietet: *»Ich bin für dich da, lehne dich an, ich halte dich«;* und gleichzeitig gibt er durch das Tätscheln zu verstehen: *»Ist schon gut, mach´s mal kurz, lass mal gut sein.«*
Solch ein Mann ist im Kontakt und gleichzeitig außerhalb. Er steht mit einem Bein in der Beziehung und mit dem anderen trifft er Fluchtvorbereitungen. Er lässt Nähe zu, aber nicht zu viel. Er lässt Kontakt zu, aber nicht richtig. Er sagt weder Ja noch Nein. Sein Verhalten entspricht einem JEIN.
Die Psychologie spricht in solchen Fällen von einem Doppelsignal. Auf ein Doppelsignal reagieren die meisten Menschen verunsichert, gereizt oder aggressiv. Denn es beschert seiner Empfängerin einen Konflikt.
Sie hört beispielsweise Worte wie *»Ich liebe dich«*, während der Mann sich gleichzeitig abwendet. Woran soll die Frau sich jetzt halten? Worauf sich verlassen? Sie rätselt: *»Wenn er mich liebt, warum wendet er sich dann ab? Aber wenn er mich nicht liebt, warum sagt er es dann?«*
Kein Wunder, wenn die Frau aufgrund eines so widersprüchlichen Verhaltens ärgerlich wird.
Männer handeln hier aus einem grundlegenden inneren Konflikt. Sie möchten einer Frau nahe sein und fürchten zugleich, von ihr verein-

nahmt zu werden. Sie wollen deshalb zugleich nahe und fern sein. Dieser Konflikt bringt sie dazu, eine Art »Sicherheitsabstand« zu halten. Dieser Abstand ist nicht so sehr körperlich, sondern vor allem emotional zu sehen.
Nähe ja, aber nicht zu viel. Körperlichkeit ja, aber nicht zu lange. Zärtlichkeit ja, aber nicht zu intensiv. Verschmelzen na gut, aber nur kurz. Loslassen o.k., aber nicht völlig. Sex ja, aber nicht mit zu viel Gefühl. Und schnell, wenn es geht. Und dann schnell weg.
Der Mann befindet sich also oftmals »auf dem Sprung« und die Frau spürt das. Er ist nicht ganz dabei. Aber er ist auch nicht ganz weg. Er ist beides zugleich. Er macht tatsächlich halbe Sachen im Kontakt.

Beispiel
Die Partner liegen miteinander im Bett. Sie möchte mit ihm schlafen und nähert sich ihm, aber er verspürt keine Lust dazu. Er ist mit seinen Gedanken woanders.

Beziehungskiller

Er macht nun »ihr zuliebe« halbherzig mit. Natürlich ist er nicht wirklich dabei. Kein Wunder, dass sie sich nicht gesehen fühlt und ihm anschließend den Vorwurf macht: *»Du meinst mich gar nicht, du bist gar nicht mit mir!«*

Optimales Verhalten

Warum sollte er Sex mitmachen? Um sie nicht zu enttäuschen? Um nicht als Versager dazustehen? Das wird er auf jeden Fall, wenn er halbe Sachen macht. Also ist es besser, er stellt die Angelegenheit klar und wird eindeutig.
Er unterbricht ihre Annäherungen und sagt: *»Ich will nicht, ich bin momentan nicht dabei.«*

Mögliche Reaktionen und Herausforderungen

Nun wäre es schön, wenn sie dies einfach akzeptieren könnte. Allerdings ist sie noch nicht bereit, auf ihre Bedürfnisse zu verzichten. Sie versucht weiter, an ihr Ziel zu kommen.

Reaktion 1
Sie ignoriert seine Aussage und sagt verführerisch: *»Komm schon. Sei nicht so!«*

> Ja, das hat schon funktioniert. Sie hat dich öfter mal rumbekommen; und dann war es auch gar nicht schlecht. Aber wie ist es diesmal? Fühlst du dich bedrängt? Kann sie dich aus dem Kopf in den Körper locken? Oder bleibt deine Aufmerksamkeit bei etwas anderem? Nervt sie? Dann stell die Sache klar.

Deutlich sein: Er hält ihre Hand fest und betont: *»Hör auf, meine Gedanken sind wirklich woanders. Ich habe keine Lust und ich bekomme momentan auch keine.«*

Reaktion 2
Sie ist frustriert, sauer und greift an: *»Mit dir ist aber auch nichts mehr los!«*

> Das spricht jetzt dein männliches Leistungsbewusstsein an. Schließlich musst du doch beweisen, dass du eine Frau JEDERZEIT befriedigen kannst. Wenn du auf den Stress keine Lust hast, zieh jetzt eine Grenze.

Sich abgrenzen: *»Du bedrängst mich. Erwartest du von mir, dass ich weitermache, wenn ich nicht will? Soll ich halbherzig mitmachen? Befriedigt dich das?«*

Reaktion 3
Sie versteht ihn nicht und ist irritiert: *»Ich weiß gar nicht, was los ist!«*

> Das stimmt ohne Zweifel. Und sie tendiert dazu, die Ablehnung auf sich zu beziehen. Du solltest mitteilen, was dich so beschäftigt. Auch wenn es ihr nicht passt, bring sie dazu, zu verstehen.

Einsicht geben: *»Mich beschäftigt gerade viel mehr .... mir macht Stress, dass ... »*

Reaktion 4

Sie macht sich über ihn lustig: *»Du hast es wohl nicht nötig, was?«*

Da hat sie Recht. Momentan nicht. Also keine Widersprüche. Gib es einfach zu.

Eindeutig sein: *»Im Augenblick nicht. Heute bin ich Mönch.«*

Idealer Ablauf:
Wenn es ihm gelingt, seinen Zustand und sein Befinden so mitzuteilen, dass es für die Frau fühlbar ist, wird sie sich zurücknehmen. Und wenn er darüber hinaus mitteilt, was ihn gerade bewegt, entsteht durch diese Offenheit der Mitteilung eine Form von Nähe, mit der beide zufrieden sein können.

Natürlich ist Sex nur ein Bereich, in welchem der Mann zu halben Sachen neigt. In Gesprächen, im Kontakt zu seinen Kindern und anderen Bereichen lässt sich dieses halbherzige Verhalten beobachten.
Männer sollten Schluss mit dem gleichzeitigen Hin und Her machen und den Mut entwickeln, sich auf ganze Sachen einzulassen.
Ganz heißt aber nicht so, wie *sie* es sich wünscht. Es meint *ganz nah* oder *ganz fern*. Wenn er ganz fern ist, wird er auch wieder nahe kommen. Denn nur wenn Männer sich echten Abstand erlauben, werden sie sich auf echte Nähe einlassen können.
Das beste Rezept, um halbe Sachen zu backen, ist ein klebriger Teig. Immer alles gemeinsam, immer miteinander, immer aufeinander hocken. Das hält ein Mann nur aus, wenn er innerlich auf Abstand geht. Und dann bringt er nur halbe Sachen zustande.
Wenn der Mann diesen Beziehungskiller vermeiden will, geht es darum, eindeutig zu sein. Keinem Mann wird das leicht fallen, aber natürlich kann er dieses Verhalten üben. Er muss sich nur klar machen, dass er ein Recht auf Abstand hat.
Denn nur wenn er weiß, dass er sich aus dem Griff der vermeintlichen »Würgeschlange« befreien kann, wird er Nähe nicht bedrohlich empfinden und sie sogar intensiv genießen können.

Lösung zu Beziehungskiller Nr. 10: Träume, Sehnsüchte und Erwartungen mitteilen

statt Liebesbeweise zu fordern

Gegenüber stehen sich die Verhaltensweisen:
Liebesbeweise fordern ⟷ halbe Sachen im Kontakt

Hintergrund

Das Gegenstück zum Beziehungskiller »Halbe Sachen im Kontakt« des Mannes besteht in den Versuchen der Frau, Liebesbeweise zu erhalten. Ideal wäre natürlich, der Mann würde diese freiwillig liefern, würde sie vermissen, Liebesbriefe schreiben, seine Liebe beteuern, sie auf Händen tragen. Das wären Indizien dafür, dass sie ihm noch wichtig ist. Schließlich hat er in der Anfangszeit ihrer Beziehung solches getan. Und damals brauchte sie nicht darauf zu warten.

Und heute? Keine eindeutigen Zeichen mehr! Wie abgeschnitten. Die Partnerin hängt in der Luft. Sie wird von Wut erfasst. Sie hat das Gefühl, er bliebe ihr etwas schuldig. Aber er rückt es nicht freiwillig raus. Also setzt sie den Spaten am Hasenbau an und macht sich mit dem Vorschlaghammer an dessen Tür zu schaffen. Da muss doch eine Reaktion zu erzielen sein.

Aus dem Bedürfnis heraus, eine emotionale Mitteilung zu bekommen, attackieren Frauen ihre Männer zuweilen recht heftig. Denn um der Liebe des Mannes vertrauen zu können, brauchen sie von Zeit zu Zeit *deutliche* und *eindeutige* emotionale Rückkopplung.

Und sie sind durchaus in der Lage, den Partner zu solchen Gefühlsäußerungen zu bewegen, notfalls mit Gewalt. Manchmal scheinen Frauen dabei nach dem Motto zu handeln: *»Solange ich ihm weh tun kann, muss ich ihm was bedeuten.«* Und da ist etwas dran. Denn wenn es kein posi-

tives Zeichen seiner Zuneigung gibt, dann tut es auch ein negatives Zeichen.
Auch wenn es *ihr* hinterher Leid tut, so tut es doch gut zu sehen, dass er nicht unbeeindruckt bleibt, dass sie Wirkung hinterlassen kann, »ich ihm also etwas bedeuten muss.«

Beispiel
Er hat ihren Geburtstag vergessen.

Beziehungskiller

Sie macht ihm eine Szene. Sie wirft ihm vor, *seinen* Geburtstag noch niemals vergessen zu haben. Sie gerät dabei außer sich, schreit, weint und wütet. Sie stellt die Beziehung in Frage und droht, ihn zu verlassen, weil *»du mich ja doch nicht liebst, ich dir egal bin.«*
Sie erreicht, dass er betrübt und schuldbewusst dasitzt, zu Erklärungsversuchen ansetzt und sich schließlich sogar eine Träne abquetscht. An dieser Gefühlsäußerung glaubt sie zu erkennen, dass sie ihm doch etwas bedeutet und beruhigt sich. Die beiden vertragen sich wieder.
Doch gleichzeitig rückt *er* innerlich ab. Wahrscheinlich vergisst er ihren Geburtstag niemals wieder, aber er fühlt sich nun zu Liebesbeweisen gezwungen und nimmt ihr diese Pflicht übel.

Optimales Verhalten

Sie zeigt einfach ihre Enttäuschung: *»Schade, ich hatte gehofft, dass du daran denken würdest. Ich bin schon recht traurig.«*
Dies ist eine einfache Mitteilung ihrer Erwartungen und Gefühle, frei von Vorwürfen, Schuldzuweisungen und Forderungen.

Mögliche Reaktionen und Herausforderungen

Nun ist er an der Reihe. Wie reagiert er auf diese Mitteilung?

Reaktion 1

Er tut die Angelegenheit ab: *»Ist doch nicht so wichtig, kann man doch nachholen!«*

Das gibt noch eines drauf. Er wischt deine Gefühle quasi weg. Jetzt aber darin nicht den Beweis sehen, dass er dich nicht liebt. Sondern ihm klar machen, was dir wichtig ist und was nicht. Mach die Wichtigkeit des Themas klar.

Erwartungen mitteilen: *»Für mich ist es nicht das selbe, ob du dran denkst oder ob du von mir auf den Geburtstag aufmerksam gemacht wirst. Ich erwarte schon, dass du meinen Geburtstag wichtig nimmst. Denn wenn meine Wünsche für dich nicht wichtig sind, würde ich mich fragen, warum ich auf deine Wünsche achten sollte. Du freust dich doch auch, wenn ich an etwas für dich Schönes denke, oder?«*

Reaktion 2

Er wird gereizt und versteht nicht, *»was daran so wichtig ist!«*

Das meint, er kann die Bedeutung nicht nachvollziehen, die du dem Vorgang gibst. Er kennt die innere Vorbereitung, die Vorfreude, die Erwartungen an den Tag nicht. Erzähl von der Vorfreude und den geheimen Vorstellungen, die enttäuscht wurden. Erzähl, was genau für dich die Erfüllung eines kleinen Traumes gewesen wäre. Und von dem Gefühl, das sich jetzt eingestellt hat. Stell sicher, dass er dich wirklich versteht.

Träume/Vorstellungen mitteilen: *»Ich hatte davon geträumt, eine Kerze auf dem Tisch zu finden ... etwas Zeit mit dir zu verbringen ... in Ruhe zusammen zu sein ... kannst du das nachvollziehen? Dein Vergessen deute ich als Gleichgültigkeit. Es gibt mir das Gefühl, nicht wichtig zu sein. Was genau verstehst du daran nicht?«*

Möglicherweise braucht es einige Gespräche, die Vorstellung und ihre Bedeutung rüberzubringen. Aber es wird sich lohnen, weil du auf diese Weise dafür sorgst, dass verstanden wird, worauf es dir ankommt. Stell auf jeden Fall sicher, dass er dich richtig verstanden hat, indem du ihn aussprechen lässt, was bei ihm rübergekommen ist.

Reaktion 3

Er geht nicht auf sie ein, lässt sie links liegen: *»Lass mich mit dem Quatsch in Ruhe!«*

Das ist schroff und hart. Möglicherweise musst du das schlucken. Wenn du das nicht willst, teil mit, wonach du dich sehnst. Vielleicht hat es mehr mit dem generellen Umgang miteinander zu tun und weniger mit dem Thema Geburtstag.

Sehnsucht mitteilen: *»Manchmal sehne ich mich nach einem Partner, der meine Träume versteht oder sogar teilen kann. Ich sehne mich danach, verstanden zu werden. Jemand, der auch meine Enttäuschung versteht.«*

Idealer Ablauf:

Ideal ist, wenn die Frau ihre Sehnsüchte und Erwartungen formulieren und mitteilen kann. Je konkreter die geschilderten Traumbilder sind, desto leichter sind sie für den Mann verständlich. Dann kommt es zu einem Gespräch über die Bedeutung und Wichtigkeit von Ereignissen und Handlungen. Jeder kann dabei ausdrücken, auf welche Weise er seine Liebe zeigt und wo er nicht über seinen Schatten springen kann. Was kann ich dir zuliebe tun und was nicht? So entsteht Verständnis und Annäherung.

Träume und Sehnsüchte mitzuteilen ist eine Kommunikationsform, die in Partnerschaften viel zu wenig praktiziert wird.
Dabei handelt es sich hierbei um eine äußerst spannende und ergiebige Form der Mitteilung tiefer innerer Vorgänge. Ein Partner malt durch seine Traumschilderung ein Bild und kann dann feststellen, ob der andere das Bild vervollständigt, verändert oder gar nicht in es einsteigt.
Wenn eine Frau ihre Träume und Sehnsüchte mitteilt, sollte sie deshalb auf die Resonanz des Partners achten. Spricht der Traum ihn an? Bewegt ihn die Sehnsucht? Geht er darauf ein oder wendet er sich davon ab?

Lösung zu Beziehungskiller Nr. 11: Sich engagieren

statt gleichgültig zu erscheinen/zurückzustecken

Gegenüber stehen sich die Verhaltensweisen:
gleichgültig erscheinen ⟷ um Liebe bemühen

Hintergrund

Vom Beziehungskiller »Halbe Sachen im Kontakt« ist es nur ein Schritt zur scheinbaren Gleichgültigkeit.
Frauen wollen nicht nur geliebt werden, sie wollen sich vor allem geliebt *fühlen*. Dieses Gefühl zu vermitteln fällt Männern oft schwer, weshalb Frauen allerhand für den Mann und die Beziehung tun und die Männer damit ungewollt unter Druck setzen.
Denn ihr Engagement bringt Männer in einen Konflikt. Zum einen lieben sie die Frau, andererseits wollen sie sich nicht zu sehr verpflichten, weil ihnen das wichtige Gefühl der Freiheit verloren geht, sobald sie sich zur Liebe verpflichtet fühlen. Also halten sie sich mit positiven Gefühlen und Liebesäußerungen generell und vorsorglich zurück.
Sie wissen aber, dass sie der Frau etwas »schulden.« Sie schulden ihr die Äußerung von Gefühl, Nähe, Zärtlichkeit, Anteilnahme. Deshalb sind sie bereit, der Frau zuliebe öfter einmal zurückzustecken. Wenn die Frau nur vehement genug fordert, geben sie nach und machen mit. So wollen sie ihr Schuldkonto entlasten. Der Mann gibt nach und tut ihr diesen »Gefallen«. Er verzichtet auf eine seiner Vorlieben, kauft kleine Geschenke, lässt sie den Urlaubsort wählen, ...
Doch solches zu tun stellt kein Entgegenkommen, sondern eine subtile Form der Gleichgültigkeit dar und erzielt auf Dauer nicht die gewünschte Wirkung. Der Partnerin wird der authentische Liebesausdruck vorenthalten, den sie sucht, stattdessen erhält sie einen Liebesbeweis durch Erdulden. Der Mann sagt unausgesprochen: *»Dass ich dich*

liebe, kannst du daran erkennen, was ich dir zuliebe mitmache und ertrage.«

Was erträgt ein Mann? Ihre Szenen, ihre emotionalen Ausbrüche, ihre Vorwürfe, ihre Forderungen, ihre Beleidigungen. Wie erträgt er? Stoisch wartet er ab, bis der Gefühlssturm sich gelegt hat.

Die Frau gerät durch diese Halbheiten nun in einen Verzweiflungskreis. Sie fühlt sich schon geliebt, aber *nicht richtig*, schon geschätzt, aber *nicht wirklich* ... Sie sehnt sich nach echter Liebe, echter Berührung, echter Anteilnahme. Also fordert sie weiterhin, ohne ihm begreiflich machen zu können, was sie genau will. Denn er geht ja scheinbar auf ihre Vorstellungen ein.

Wenn diese Dynamik von Fordern und Ertragen weit genug vorangeschritten ist, wenn es *ihm* schließlich zu viel wird und er auf Abstand geht, wenn *sie* ganz in der Luft hängt, ist die Verzweiflung perfekt. Dann droht die Frau, ihn zu verlassen, wenn er seine Liebe nicht endlich »richtig« zeigt.

»Ist mir doch egal, geh doch«, ist die übliche Reaktion des Mannes.

Ihre Drohung zieht nicht. Denn wenn die Frau Abstand nimmt, empfindet *er* dies als Befreiung von Druck und Ansprüchen. Schließlich ist für ihn Freiheit dort, wo sie nicht ist. Die Drohung seiner Partnerin, ihn zu verlassen, lässt ihn deshalb erst einmal kalt oder erleichtert ihn momentan sogar.

Dadurch wirkt er nicht nur halbherzig, sondern Beziehung und Partnerin gegenüber völlig gleichgültig. Die unausgesprochene Botschaft an die Frau lautet: *»Du bist mir nicht so wichtig, ich brauche dich nicht, wenn du willst, geh ruhig.«*

Da ist sogar etwas Wahres daran. Er braucht sie nicht. Einem Mann wurde nie beigebracht, eine Frau für sein materielles Überleben zu brauchen. Er übersieht allerdings, dass er sie für sein emotionales Leben umso mehr braucht. Stattdessen empfindet er seine Gleichgültigkeit sogar als Selbstbewusstsein und ist stolz auf seine »Coolness«.

Greifen wir an dieser Stelle ein extremes Beispiel auf, wie ich es in meiner Praxis wiederholt erlebt habe. Es ist extrem, weil es die härteste Form einer Drohung schildert, aber es ist auch besonders aussagekräftig.

> **Beispiel 1**
> Sie droht ihm, ihn zu verlassen; und zwar auf eine besondere Weise: »Wenn du mir meine Liebe nicht erwiderst, bringe ich mich um!«

Beziehungskiller

Er zeigt sich aus früherer Erfahrung äußerlich von dieser Drohung wenig beeindruckt, zuckt nur mit den Schultern und sagt: *»Mach doch!«* Das gibt ihr nun endgültig das Gefühl, ihm gleichgültig zu sein.

Optimales Verhalten

Äußerlich mag er gleichgültig erscheinen, doch innerlich macht ihn die Drohung platt, nimmt ihm die Spucke, macht ihn sprachlos. Er ist nicht so cool, wie es den Anschein hat. Er ist gelähmt. *Er* äußert nun, was wirklich in ihm passiert.
Er sagt: *»Ich würde dir gern geben, was du brauchst. Aber ich weiß nicht, wie ich das tun könnte. Du gibst mir das Gefühl, dass dein Leben ohne meine Liebe nichts wert ist. Aber damit, deinem Leben Sinn zu geben, fühle ich mich restlos überfordert. Ich weiß wirklich nicht, was ich für dich tun kann.«*
Mit dieser Aussage engagiert er sich einerseits deutlich für die Beziehung und zeigt zugleich die Grenzen seiner persönlichen Möglichkeiten auf.

Mögliche Reaktionen und Herausforderungen

Das zu sagen war ein hartes Stück Arbeit. Zuzugeben, dass er nicht der Sinn ihres Lebens sein kann und auch nicht sein will, fällt keinem Mann leicht. Aber es ist ehrlich, deutlich und es gibt Orientierung. Hat sie die Botschaft verstanden? Verschiedene Reaktionen sind vorstellbar.

Reaktion 1

Sie verliert sich in ihren starken Gefühlen und droht weiter, *»ein Ende zu machen.«*

> Sie ist in Gefühlen untergegangen. Manchmal braucht es Gefühle, um Gefühle zu stoppen. Deine Frau hat ihre ganze Verzweiflung gezeigt. Jetzt bist du an der Reihe. Was geht wirklich in dir vor? Sie hat nicht nur ein Recht es zu erfahren, es ist das Einzige, das sie erreichen wird. Zeig deine Gefühle. Die Angestrengtheit, die Müdigkeit. Deine Verzweiflung.

Sich zeigen: Er beginnt zu erzählen, wie er sich fühlt, beispielsweise: *»Ich weiß nicht, was ich noch tun soll. Ich fahre mit dir in Urlaub an Orte, an die ich alleine nicht fahren würde. Ich habe dir zuliebe Freunde und Hobby aufgegeben. Ich tue dies ... und das ..., aber nie scheint es genug zu sein. Ich weiß auch nicht weiter. Ich kann dir wohl nicht geben, was du brauchst. Ich bin wohl nicht der Richtige für dich.«*

> Er sagt dies nicht cool, nicht aggressiv, sondern so, wie er sich fühlt: müde und traurig. Jetzt hat sie die Chance, seine Gefühle zu realisieren und zu begreifen: »Ich bin ihm doch nicht gleichgültig. Ich muss ihm etwas bedeuten.«

Reaktion 2

Sie zählt Erwartungen auf: *»Du könntest mehr mit mir unternehmen, du könntest mit mir tanzen gehen, du könntest mit mir schmusen, du könntest ...«*

> Ja, das sind ihre Erwartungen und Vorstellungen. Sie ist ganz offen damit. Welche Vorstellungen hast du? Welche Erwartungen? Du musst schon raus damit, sonst stehen nur ihre im Raum und deine gehen unter. Jetzt heißt es, die emotionale Fläche aktiv zu besetzen, welche für dich reserviert ist.

Erwartungen mitteilen: Er beschreibt, wie er sich die Beziehung erträumt: *»Mir geht es wohl ähnlich wie dir. Ich stelle mir auch etwas anders vor. Ich träume von einer Frau, die sich freut, mit mir zusammen zu sein. Die anerkennt, dass ich andere Bedürfnisse habe. Die nicht erwartet, dass ich mich nur nach ihren Gefühlen richte, die schätzt, was ich für sie tue, die ... gern mal schweigend neben mir sitzt ... die meine Fürsorge zu schätzen weiß ... »*

Je konkreter die Beschreibung deiner Erwartungen ist, desto einsichtiger wird dein Standpunkt für sie. Deshalb solltest du auch konkret beschreiben, was du für sie tust und was du dir erträumst. Erzähl von deinen Enttäuschungen. Lass sie an deinen Träumen teilhaben, an deinen Sehnsüchten.

Idealer Ablauf:
Es gelingt ihm, seine Gefühle einsichtig zu machen und so das Vakuum auszufüllen, in dem sie sich verloren hat.
Zwischen den Partnern entwickelt sich ein Austausch darüber, wie es »uns miteinander geht«, von Träumen und Sehnsüchten, von enttäuschten Erwartungen, von schönen und schrecklichen Dingen. Was können wir füreinander tun? Was gelingt uns nicht? Wo treffen wir uns und wo kommen wir nicht zusammen?
Wann habt ihr so etwas das letzte Mal getan? Wann habt ihr euch zuletzt mitgeteilt, wie ihr euer Zusammenleben empfindet? Was ihr braucht? Was euch fehlt?

Es bringt etwas, wenn der Mann Gefühle und Erwartungen zeigt. Aber eben *seine* Gefühle und *seine* Erwartungen an die Beziehung und nicht die, von denen er glaubt, dass sie erwartet werden. Und ebenso seine Enttäuschungen.
Das Beispiel der Selbstmorddrohung ist extrem. Weniger krasse Auseinandersetzungen laufen darauf hinaus, dass ein Mann sagen kann:
- Für dein Vergnügen zuständig zu sein, damit bin ich überfordert. Ich kann ...
- Ich möchte nicht für deine Zufriedenheit zuständig sein. Ich will gerne ...
- Ich möchte nicht der Mittelpunkt deines Lebens sein, ich möchte ...
- Ich kann dir nicht alles geben, was du willst, aber ich kann ...

Das ist Ausdruck seines Engagements und seines Interesses an der Beziehung. Gleichgültigkeit dagegen ist ein echter Beziehungskiller. Engagement führt aus dieser Sackgasse heraus. Aber ein Mann kann sich nur

für eine Beziehung engagieren, in der er unterkommt, in der er Platz und Raum findet. Dafür allerdings muss er selbst und notfalls offensiv sorgen.
Zum Thema »Engagement« möchte ich ein zweites Beispiel bringen.

Beispiel 2
Nach etlichen Ehejahren hat sich eine gewisse Distanz zwischen den Partnern eingestellt.
Sie erzählt ihm nun, dass sie sich oft einsam fühlt und manchmal daran denkt, wie es wohl wäre, sich mit einem anderen Mann einzulassen.

Beziehungskiller

Er zuckt mit den Schultern und sagt bloß: *»Dann musst du es wohl mal ausprobieren.«*
Das klingt wirklich distanziert und kommt beinahe einer Aufforderung gleich. Aber was wäre, fragt sie, wenn es tatsächlich passiert? Dann, sagt er, *» ... würde ich sofort Schluss machen!«*
Durch diese Äußerung wirkt er nun doppelt gleichgültig. Erst erweckt er den Eindruck, als sei ihm ein Seitensprung egal, und dann ist er zusätzlich bereit, für diesen »kleinen« Anlass die Beziehung aufzugeben.

Optimales Verhalten

Aber es ist alles nur heiße Luft. Denn seine Drohung, Schluss zu machen, zeigt, dass ihn der Seitensprung doch schwer treffen würde. Es lässt ihn keineswegs kalt. Und in dem Fall kann er das auch klar machen.
»Ich glaube, das könnte ich nicht wegstecken. Das würde für mich die Beziehung in Frage stellen.«

Mögliche Reaktionen und Herausforderungen

Das ist immerhin ein Zeichen, dass ihm die Beziehung nicht egal ist. Aber sie ist damit noch nicht zufrieden.

Reaktion 1

Sie wirft ihm vor: »*Aber ich bin dir doch gleichgültig. Dir liegt doch nicht mehr viel an mir! Was kann es dir schon ausmachen?*«

> Da hat sie wohl ein ganz anderes Bild von dir als du selbst. Du scheinst für sie unverletzlich zu wirken, während du dich für verletzlich hältst. Es wird Zeit, dass sie auch deine empfindsame Seite kennen lernt.

Sich zeigen: Er fragt nach ihrem Eindruck: »*Wie kommst du darauf, dass es mir nichts ausmachen würde? Natürlich würde es mich treffen und verletzen.*«

Reaktion 2

Sie zweifelt sein Interesse an: »*Um dir damit weh zu tun, müsste ich dir was bedeuten. Und das tue ich ja offensichtlich nicht.*«

> Nun erst mal Luft holen. Nicht gleich antworten, nicht einmauern. Nimm es hin. So sieht sie es. Sie wird irgendwelche Gründe haben, die in dir oder in ihr liegen, zu diesem Eindruck gekommen zu sein. Finde diese Gründe raus – und darüber hinaus, finde raus, was sie braucht.

Sich öffnen: Er fragt nach, wie sie zu ihrem Eindruck kommt. »*Wie kommst du darauf, dass du mir gleichgültig bist? Was würde dir dieses Gefühl nehmen? Was wünschst du dir von mir?*«

> Nun erfährst du, was sie sich wünscht, was sie braucht, wovon sie träumt – aber das heißt nicht, dass du es ihr auch geben musst. Ihre Seite ist nur eine Seite in der Beziehung. Auch du wünschst und brauchst etwas.

Idealer Ablauf:
Es gelingt ihm, seine Verletzlichkeit zu zeigen. Ideal wäre auch, wenn das Thema zum Anlass genommen wird, über die Beziehung zu sprechen, also darüber, »wie es uns miteinander geht« oder »womit ich/du unzufrieden bin/bist« oder »wovon wir träumen«. Und das Ganze als Mitteilungen, frei von Vorwürfen und Beschuldigungen.
Engagement für eine Beziehung lässt sich auch an den Gefühlen, Empfindungen, an Freude und Traurigkeit, an Wut und Betroffenheit erkennen, welche durch die Beziehung ausgelöst werden.
Den coolen Mann gibt es nicht. Er schafft es höchstens, so cool zu wirken.

Lösung zu Beziehungskiller Nr. 12: Loslassen

statt sich um Liebe zu bemühen

Gegenüber stehen sich die Verhaltensweisen:
sich um Liebe bemühen ⟷ ***scheinbare Gleichgültigkeit***

Hintergrund

Ist die gesellschaftliche Botschaft »du musst einen Mann haben« verinnerlicht, richtet sich die Frau konsequent auf dieses Ziel aus. Der sicherste Weg, einen Mann zu bekommen besteht darin, seine Aufmerksamkeit und sein Begehren auf sich zu lenken. Am besten bringt sie den

Mann dazu, sie zu wollen. Attraktivität ist eines der Mittel, durch das Frauen ihr Ziel erreichen wollen. Andere Mittel bestehen darin, etwas für *ihn* zu tun.

Frauen massieren ihre Männer. Sie bekochen sie. Sie schminken sich für sie. Sie machen Diäten. Sie kümmern sich um die Beziehung. Wenn etwas aus dem Lot gekommen ist, sind sie bereit, endlose Gespräche zu führen. Kurzum – sie bemühen sich um Liebe.

Denn wenn seine Liebe nachlässt, kann dies nur den Grund haben: *»Ich habe etwas falsch gemacht, ich bin nicht genug ....«* Also müssen die Anstrengungen verdoppelt werden. Gerade in Krisensituationen erschöpfen sich Frauen dann häufig im Versuch, die Beziehung zu retten und zu verbessern.

Solches Bemühen um den Aufbau oder die Rettung der Beziehung wird an Bemerkungen deutlich wie: *»Ich habe alles in die Beziehung investiert«,* oder: *»Was habe ich nicht alles aufgegeben für diese Beziehung.«*

Ja, Frauen sind tatsächlich eher bereit, Beruf, Wohnort, Karriere und Lebenspläne für den Partner aufzugeben oder diese zumindest an ihn anzupassen. Sie sind sich dieser Selbstaufgabe bewusst und leiten daraus die Verpflichtung des Mannes ab, zu ihnen zu stehen.

Diese Pflicht bestand tatsächlich einmal. Leider stellen sich Investitionen dieser Art heute, wo Partner nur noch selten durch materielle Umstände aneinander gebunden sind, in vielen Fällen als Fehlinvestitionen heraus.

Beispiel
Weil sie nicht mehr mit ihm schlafen will, hat er sich eine Geliebte genommen.

Beziehungskiller

Da der angebliche Mangel im sexuellen Bereich zu suchen ist, versucht sie nun, *ihn* zu befriedigen. Sie schläft wieder mit ihm und geht auf seine Wünsche ein, obwohl sie schon seit längerem unter seiner »Hektik« und dem »Gleich-zur-Sache-Kommen« leidet. Sie bemüht sich also, die Be-

ziehung zu erhalten, indem sie ihn zufrieden stellen will. Und tatsächlich ist er zufrieden.
Man könnte an diesem Punkt fragen, was an diesem Verhalten der Beziehung schadet. Es sieht doch so aus, als würde wieder mehr Beziehung entstehen. Weit gefehlt. Der Mann kommt vielleicht auf seine Kosten, aber die Frau zahlt drauf. Die Beziehung wird einseitig und damit für die Frau unbefriedigend. Diese Beziehung wird irgendwann unerträglich werden; und die Frau wird sich zumindest innerlich daraus zurückziehen.

Optimales Verhalten

Sie verheimlicht ihre Angst um die Beziehung nicht und auch nicht ihren Wunsch nach Treue. Trotzdem lehnt sie es ab, die Art von Sexualität, die er bevorzugt, länger zu praktizieren.
Sie will eine zärtlichere, sanftere Sexualität leben. Sie strengt sich nicht an, dem Mann etwas zu geben, was ihr nicht entspricht, und steht zu sich: *»Ich schlafe mit dir, aber nicht zu deinen Bedingungen. Selbst dann nicht, wenn du gehen solltest.«*

Mögliche Reaktionen und Herausforderungen

Nun wird es ernster für den Mann. Das Thema Beziehung und die Bereitschaft, diese loszulassen, ist auf dem Tisch. Wie reagiert er?

Reaktion 1
Er gibt ihr die Schuld an der Entwicklung: *»Wenn du mit mir schlafen würdest, bräuchte ich keine Geliebte.«*

> Hier sollst du funktionieren. Das ist der Beginn eines Machtkampfes. Lass dich nicht darauf ein, das bringt nichts. Besser ist es, die Bedürfnisse beider Partner zu vergleichen und zu prüfen, ob es einen Weg gibt, diese zusammen zu führen. Steh also zu deinen Bedürfnissen und erfahre seine.

Zu sich stehen: *»Ich werde nicht mit dir schlafen, nur um die Beziehung zu erhalten. Mir liegt viel an der Beziehung zu dir, aber nicht so viel,* *dass ich mich dafür derart verbiege. Gibt es für dich eine Möglichkeit, mir sexuell entgegenzukommen? Weißt du eigentlich genau, was ich mir wünsche? Und ich würde auch gern besser verstehen, was für dich so wichtig ist.«*

Wenn du an dem Thema dranbleibst, kannst du herausfinden, ob ihr überhaupt gleiche Interessen in Bezug auf Sexualität habt.

Reaktion 2

Er zeigt an ihrem Wunsch kein Interesse, weil *»er auf den Schmusekram nicht steht«*, und verlangt, dass sie die Geliebte erträgt.

Das ist deutlich genug. Du wirst also die Sexualität, die du suchst, von *ihm* nicht bekommen. Nicht durch Bemühen, nicht durch Verführen, nicht durch Überzeugen. Es bleibt dir nichts anderes, als ihn zu lassen und seine Bedürfnisse stehen zu lassen.

Lass los! Entweder lässt du den Wunsch los, mit ihm zärtliche Sexualität zu leben, und bleibst in der Beziehung, weil diese trotzdem wertvoll ist, oder du lässt die ganze Beziehung los, weil sie unter diesen Umständen nicht viel Wert für dich hat.

Abgrenzen/loslassen: *»Ich weiß nicht, ob ich dir die Geliebte einfach lassen kann. Ich werde sehen. Wenn es mir zu schmerzlich wird, werde ich gehen.«*

Idealer Ablauf:

Die Frau sollte in der Auseinandersetzung herausfinden, wo die Grenzen ihrer Bereitschaft liegen. Was macht sie mit und was nicht? Lohnt es sich für diese Beziehung auf Sexualität mit dem Partner zu verzichten und eine Geliebte zu akzeptieren?

So wird durch die Beschäftigung mit diesen Themen allmählich der Wert der Beziehung deutlich, die Bedingungen daran und die Grenze, die sie nicht überschreiten wird – lieber ist sie allein.

Wenn der Mann unterschiedliche Bedürfnisse hat oder unterschiedliche Lebensentwürfe verfolgt, nutzt es wenig, sich auf

ihn einzustellen. Denn den Preis dieser Anpassung wird sie zahlen. Zusätzlich verliert die Beziehung durch diesen Verzicht an Spannung und Qualität und geht wahrscheinlich doch in die Brüche. Also wäre es besser, loszulassen statt sich zu bemühen, auszulaugen und übermäßig abhängig zu machen.
Den Mann loslassen heißt auch, nicht alles auf sich selbst zu beziehen und sich nicht wegen seines Verhaltens in Frage zu stellen.
Denn wenn *ihre* Zuwendung, Aufmerksamkeit und Liebe nicht die gewünschte Resonanz erzeugt, muss die Frau auf jeden Fall etwas loslassen. Entweder die betreffende Erwartung oder die Beziehung.

Rollentausch

Die von mir aufgeführten Lösungsstrategien zu den 12 Beziehungskillern orientieren sich am immer noch sehr ausgeprägten Rollenverhalten von Mann und Frau. Es ist zumeist der Mann, der sich zurückzieht, und die Frau, die sich bemüht.
Das soll aber nicht bedeuten, dass ein Mann nicht wie eine Frau und umgekehrt eine Frau nicht wie ein Mann handeln, denken und fühlen kann. Zuweilen kommt es zu ganz offensichtlichem Rollentausch, etwa dann, wenn die Frau sich vom Mann abwendet oder ihn verlassen will. Dieses Verhalten führt einen Rollentausch herbei; und dann hängt er sich an sie und sie gerät in die Abwehrposition.
Darüber hinaus bietet das Zusammenleben der Partner viele Situationen und Verhaltensmöglichkeiten, und nicht alle lassen sich einem Geschlecht und Schema zuordnen. Insofern sollten sich Leserinnen und Leser nicht an die von mir getroffene geschlechtsspezifische Zuweisung von Denken, Fühlen und Verhalten klammern.
Denn selbst wenn die Rollen getauscht sind, ändert das nichts an der Dynamik der Abläufe und auch nicht an den Lösungsstrategien, die aus diesem Verhalten heraus führen. Tauschen Sie in dem Fall einfach die Worte »Er« und »Sie« aus und es stimmt wieder.

Über den Autor

Michael Mary, geboren 1953, lebt und arbeitet gemeinsam mit seiner Frau Henny Nordholt in Schadeland, unweit von Hamburg. Er hat verschiedene Bücher veröffentlicht und führt u. a. Seminare und Beratung für Einzelne und Paare durch. Informationen hierüber erhalten Sie bei:

Michael Mary/Henny Nordholt
Testorfer Straße 2
D-19246 Schadeland
Tel. 49(0)38851-80337
Fax 49(0)38851-80606
E-Mail: michael.mary@t-online.de
Programm im Internet: http://home.t-online.de/home/henny.nordholt

Ankündigung

Während dieses Buch erscheint, steht mein viertes Partnerschaftsbuch kurz vor der Vollendung. Dieses Buch, das den Arbeitstitel »Das Wesen der Beziehung« trägt, gibt einen tiefen Einblick in das Phänomen Beziehung und seine drei großen Abschnitte:
- Zusammenkommen
- Zusammensein
- Auseinandergehen

Beziehung wird als das begreifbar, als was sie uns erscheint – als ein eigenständiges Wesen. Diese Sichtweise ist einzigartig und besonders aufschlussreich. Informationen hierüber können Sie beim Autor erhalten oder im Internet unter:
http://home.t-online.de/home/henny.nordholt/verlag.htm

Weitere lieferbare Bücher von Michael Mary:

- Wie Lebensträume wahr werden
- Change – Lust auf Veränderung
- Schluss mit dem Beziehungskrampf
- Selbsttherapie
- Change-Management als Chance
- Wirklich lieben

Die Gedanken, Methoden und Anregungen in diesem Buch stellen die Meinung beziehungsweise die Erfahrungen des Verfassers dar. Sie wurden vom Autor nach bestem Wissen erstellt und mit größtmöglicher Sorgfalt überprüft. Sie bieten jedoch keinesfalls Ersatz für kompetenten ärztlichen oder therapeutischen Rat. Daher erfolgen Angaben in diesem Buch ohne jegliche Gewährleistung oder Garantie des Verlages oder des Autors. Eine Haftung des Verlages oder des Autors für etwaige Personen-, Sach- oder Vermögensschäden ist ausgeschlossen, es sei denn im Falle grober Fahrlässigkeit.

Die Deutsche Bibliothek – CIP-Einheitsaufnahme
Mary, Michael: Zwölf Beziehungskiller und wie man sie vermeiden kann /
Michael Mary. Zürich: Kreuz, 1999
ISBN 3-268-00236-6

1 2 3 4 5 03 02 01 00 99

Umschlaggestaltung: Atelier Reichert
Foto: MAURITIUS-AGE
Satz: Rund ums Buch, Rudi Kern, Kirchheim/Teck
Druck und Bindung: Wilhelm Röck, Weinsberg
ISBN 3 268 00236 6